無礼な人に NOと言う 44のレッスン

チョン・ムンジョン
幡野 泉 訳

白水社

無礼な人にＮＯと言う44のレッスン

無礼な人にNOと言う44のレッスン

目次

第1章　無礼な人に笑顔で対処する方法　15

第4章

いい人をやめる

装幀　天野昌樹
カバー・扉イラスト　いちりん薫

プロローグ　自分を傷つける人にもう我慢しない

あるバラエティ番組で驚くべき光景を目にした。いろんな出演者があれこれと会話を交わすありふれたトークショー形式の番組だったのだが、ある男性タレントが女性お笑い芸人のキム・スクにこう言った。「男みたいな顔してるよな」。その男性タレントは普段から品のない失礼な質問を投げかけては出演者を困らせるのがうまかった。こんなときはふつう、ただ笑ってスルーしたり自虐的にうなずいたりするのだろうが、そのときキム・スクはそうしなかった。彼をじっと見つめ、感情を表に出さずサラッと「え？　傷ついたんだけど」とひとこと言った。するど彼は冗談だったと謝り、キム・スクも笑顔で「大丈夫よ」と受け入れ、自然と話題は変わった。

この場面を見て、いろいろと考えさせられた。女性は日常生活の中で顔やスタイルなど見た目を重視される。特にバラエティ番組ではよく女性を比較する。美しい容貌でちやほやされる女性と、それより見劣りするからかわれ役の女性というパターンだ。女性たちは壺のような体形だとか、胸が小さいとか、ブサイクなどとからかわれ、もっとひどいことを言われても一緒に笑ったりしている。もし、不快感を示したりすれば、「冗談なのに、なんでムキになるんだよ」と言われたり、「プロ被害者」扱いをされてしまうため、たいていはただ我慢することを選んでしまう。そのように我慢に我慢を重ね、ある瞬間不満をはき出すと、相手はこう言うだろう。「嫌がってるだなんて、わからなかったよ。早く言えばよかったじゃないか」

権威的で男性中心の韓国社会の中で、若い女性であればあるほど自己表現の仕方がわからず、うろたえ傷つく姿をたくさん見てきた。彼女たちは日常生活の中で感じる違和感をそのままはき出しても理解してもらえないとあきらめ、また、軍隊的な文化が根づいた男性に比べて「組織的な営みができない」とか「社会性に欠ける」と指摘されたくなくて、本音を隠してしまう。そうして悶々と考え続け思い悩んでいるうちに、結局自分の問題として跳ね返ってくる。「誤解されるような行動を取ったのは私なんだ」、「あの人はそんなつもりでなくて、私があまりに神経質すぎるだけなのかも」と。すると、その人に「傷つけられた」という事実はなくなり、そこにはただ「神経質すぎる私」だけが残る。

けれども、そこで不快感をあらわにすると感情的な人だと思われてしまうだけだ。「そんなことがよく言えますね」、「ものすごく不愉快です」などとストレートに言えたらいいが、よほどの度胸がなければできない。特に韓国では、目上の人や上司にストレートにものを言うのはとても難しい。私は幼いころ、どこまで感情表現をしたらいいのかわからず、関係をこじらせることが多々あった。どうしたらいいのか誰も教えてくれなかった。言い争ったあと、相手の悪口をまくしたててダメ押しをしたり、あまりに腹が立っておいおい泣いたりすることがほとんどだった。我慢しきれずに絶交することもあった。だからいつも気になっていた。無礼な人に出会ったとき、どうすればきっぱりと、そして品よく意思表示ができるのだろうか。

だから、キム・スクが「傷ついたんだけど」と言った場面は忘れられなかった。シンプルでありながらも毅然とした態度と言葉で、相手を責め立てず、自らの意志を伝えることができた。男性はすぐに謝ったが、傷つけた人となった。そしてキム・スクは、男性から上手に謝罪の言葉をもらいサッと受け流すことができる潔い女性に映った。これだけではない。謝罪した男性は、これまで指摘されたことがなかった行動にブレーキをかけることにより、「これは問題になりうる」と自覚できるよい機会になった。これは実際、彼の人生においてもプラスなことのはずだ。人は誰もが過ちを犯すが、そのことに気づかなければ、過ちを繰り返すばかりだ。社会的地位が高かったり年配だったりするほど無礼な人が多いのは、周囲から指摘を受ける機会がないからだとも言える。平等である意識の足りない社会においては、パワハラが横行して当然である。

キム・スクが「家母長」〔家父長に対する言葉〕的なキャラクターを打ち出しつつ、「男性は控え目でなければいけません」、「お酒は男性がつぐものである」と、鏡で映し返すような物言いをするのも興味深い。彼女が韓国のケーブルテレビtvNの『SNLコリア』で話した内容は同じような脈略からきている。上司が「なにイライラしてるんだ。生理中か?」とからむと、「では部長はどうしてそんなに機嫌がいいんですか? 夢精でもしましたか?」と迎え撃つのだ。キム・スクは、ことわざをパロディー化し、「男の声が垣根を越えると家がすたれる」とうまいことを言った。このようなひねりによって、笑いながらもやっと私たちは理解することになる。これまで右から左へと聞き流し、積もりに積もった言葉がどれだけ偏見に満ちていて暴力的であったか。

キム・スクだけでなく、タレントのイ・ヒョリも魅力的な方法で話を切り返していた。イ・ヒョリがあるバラエティに出演したとき、司会者がFin.K.L.(ピンクル)として活動していたときのダンスと歌を披露してほしいと言った。事前の打ち合わせはなかったようで、とてもしつこく要求していた。イ・ヒョリはそんな司会者に「昔ながらの進行をされるんですね」と笑ったあと、「最近の方はピンクルの歌を知りませんよ」とつけ加え、自然にその要求を退けた。司会者が時代にそぐわない人だと他の出演者たちも納得し、イ・ヒョリはこの隙に機転を利かせ話題を変えた。ユーモアがありながらも、経験と余裕を感じさせる対応だった。

これに似ているのだが、まるで違う対応をしてしまった場面も見た。とある有名な女性アイドルグループがバラエティ番組に出演し、男性司会者たちからぶりっ子してみてと強要された。するとメンバーはそんなことはしたくないと言って、わっと泣き出した。おそらく長い間、同じような要求に苦しんでいたのだろう。メンバーのみんなが突然泣いたので、番組の雰囲気は凍りつき、このアイドルグループはプロ意識に欠けると批判された。彼女たちの受けたストレスは理解できるが、もっとうまく対応できたらよかったのに、と残念に思った。彼女たちの姿に以前の自分を見ている気がして、さらに胸が痛んだ。

私たちは日常生活の中で無礼な人にたくさん出会う。心の距離を推しはかることなく、突然こちらに踏み込んでくる人がいる。そんな人たちにうろたえず、「マナー違反ですよ」と知らしめる方法はないだろうか？　当然あるはずだ。本書で私が伝えたいのは、まさにこのことだ。ただそれを実際に使ってみるには少し練習が必要だ。私は二十代を生きてきて、自分を傷つける人たちに我慢ばかりしていると無気力になってしまうと悟った。私はしっかり自分の足で立ちたかったし、自分の内面の叫びを聞けなくするような外部の騒音には、余裕をもって音声オフのボタンを押したかった。毎日少しずつ運動をして体をメンテナンスするように、自己表現のための筋肉を鍛えるのにも時間と努力が必要だった。しかし、へこたれることなく訓練を続けたおかげで、もう私はこれまで傷つけられた人やその記憶に思いを巡らせたり、自責の念にさいなまれたりすることはなくなった。

　泣いたり腹を立てたりしなくても、自分の立場を貫き通すことはできる。本書では、私が試みた中で最も効果的だった方法と、その過程で実感したことをまとめた。無礼な人に会っても滅入ってはいけない。品よく笑いながら警告する方法はいくらでもあるから。本書が、無礼な人の中にいてもしっかり自分を見出したい人の一助となることを願っている。

第1章

無礼な人に笑顔で対処する方法

今日の自分を幸せにすることに最善をつくす

二〇一五年一月のある日、ソウルの江辺《カンビョン》北路で交通事故にあった。当時つき合っていた彼氏が運転をしていて、私は助手席に座っていた。事故は後続の運転手が速度を落とさなかったために起こった。加害者は当日、風邪薬を飲んでいて眠気に耐えられなかったと警察に話したそうだ。私たちの車は追突されて右側のガードレールにぶつかって止まり、助手席のドアが丸ごと吹っ飛んだ。ドアポケットに入れていた財布と一緒に、私の体力や記憶力のようなものもそのとき飛んでいってしまい、まだ取り戻せていない。この事故で骨盤と足首を骨折し、膀胱が破裂した。緊急手術を受け、その後二度手術し、会社を休職して五ヶ月間入院した。

この事故で私は以前とは違う自分になった。体力が急激に落ち、時間のとらえ方が変わった。

若いときは誰でも時間が無限にあると思っている。一日や二日は寝なくてもぴんぴんしているし、エネルギーはすぐチャージされ多くの人に同時に会うことができる。私もそれまでは体力に自信があり、時間を惜しんであちらこちらに飛び回っていた。夕方、会社を出たあとは何かを学び、一日に何件も人と会う約束をした。やりたいことがあれば寝ないで取り組んだ。自分の時間とエネルギーに限界があると考えたことはなかった。それらはいつも、いっぱいに満ちあふれていた。

二十代後半にあったこの事故で、私の身体はまるっきり変化した。後遺症で走ることができず、体力は落ち、徹夜ができなくなった。以前と違い十二時になると、うとうとし始めてしまう。体力が落ちたので、苦手な人と会うとエネルギーが急速に奪われることがわかる。時間のとらえ方も変わった。無限だと思っていた時間は、自分が健康でいられる時間のことだと思うようになった。そしてもし子どもでもできたら、子育ての時間は自分のものではないととらえられるようになった。

そう考えると、自分に与えられた時間はいくらもない。徹底して重要なことの優先順位をつけて行動しなければ、という危機感をおぼえた。その基準で自分の生活を振り返ると、これまでなら我慢できたことも、避けられることは積極的に避けるようになった。意味のないところにエネルギーを使うと、本当に使うべきところに使うことができないから。

美容院に行ったときのこと。よくあることだが、私の髪がどれだけ傷んでいるか、美容師がくどくど話し出した。一、二回ならいいものを、何度も繰り返しては料金を追加してトリートメントをすれば改善できるとすすめてきた。当初考えていた金額よりあまりに高くなるので、「すみません」と断ろうとしたのだが、ふと、この状況があまりにも不快だと思うようになった。美容院はお金を払ってサービスを受ける空間なのに、これまで美容院に行って、いい気分で出てきたことがほとんどなかったことに気づいた。こんなところで自分のエネルギーを無駄にしたくないと思ってからは、定額制のサロンを開く日本人の美容師を見つけ、通うようにした。

交通事故にあったあと、いつ死んでもおかしくないと実感するようになった。人は、交通事故にあったり重病にかかったりという不意の出来事は自分には起こらないと思っている。私もそうだった。けれども、実際自分がそのような出来事に遭遇してみると、この不確実な世の中で他人にひきずりまわされる人生を生き、突然人生が終わりを告げたらどれだけ悔しいかと想像するようになった。だから、私はいつも自分にこう言い聞かせている。周囲の期待に応えようと右往左往するのはやめよう、自らが望む自分として生きていこう。私たちの時間とエネルギーには限りがあるから価値のないところに使わないこと。今日の私を幸せにするのに最善をつくすこと。

人生に必要な「生活傷」

大学一年の四月〔韓国の新学期は三月〕、サイワールド〔韓国初期のSNS。日本のミクシィに似ている〕の日記にこう書いた。「私の人生の春は終わった」

この日、高校時代からつき合っていたボーイフレンドからふられた。いま考えると失笑してしまうが、あのときは真剣だった。私になにか深刻な問題があったわけではない。幼かったから感情表現がうまくできず、異性に対してどう接したらいいのかわからなかった。それは同級生である相手も同じだった。彼が特別悪い人なわけではない。それなのに、彼から「もう会うのをやめよう」と言われた瞬間、私はすべてを恨んだ。

「私の人生の春は終わった」と書いたとき、本当に私の人生の春は終わっていたのだろうか？　もちろん、終わってはいない。ものごとは時が過ぎてようやくくっきりとその姿を表すものだ。二十歳のころに直面する課題はほとんどが人生初めてのことばかりで、だからこそ難しくて、体感温度もとても高かった。他の人たちは温かいお湯の中にゆったり浸かっているのに、私だけが熱い湯に浸りダラダラと汗をかいているようだった。

恋愛だけでなく、両親との関係もそうだった。いっとき、両親に恵まれなかったから幸せな人生を歩めないのだという思いにとりつかれ、そこから抜け出すことができずにいた。両親に対する理想像があったのだが、現実ではその期待は満たされなかった。小さい子どもにとっては両親との世界がすべてだ。その世界で愛を受けることができない、また、理解してもらえないと感じそれが長く続いてしまうと、結果として自己憐憫、承認欲求、情緒不安などとして現れてしまう。

両親のことを否定的にとらえることで、自分を肯定的にとらえられなくなってしまった。私の性格がひねくれていて自己肯定できない理由もすべて両親のせいだと思った。人に会って自分について話すとき、両親から傷つけられた話をたくさんし、両親から言われた否定的なことを長い間いじいじと考え続けていた。

けれども、すでに起きてしまい、自分ではどうしようもないことに対してくどくど言い続けるのはナンセンスだ。成人してまで幼いときに傷ついたことを語り泣いているのは、あまりにもこの人生、もったいないだろう。

両親から精神的に独立しようと心を決め、さらによく考えてみると、両親のことを自分の中から取り除いたとしても大した問題にならないようだった。いや、むしろ、その方がよい部分もあった。自分の人生、もともと悪くない部分だってあったのに、傷つけられたという思いや、その傷が深すぎるという思い、取り返せない失敗だったという思いにとりつかれて、自分自身を正しく見られなかったというのがいちばんぴったりくるだろう。傷ばかりに目がいくと本来の姿を忘れてしまいがちだ。

夫と結婚指輪を見に行ったときのこと。お店の人から、14金と18金どちらにするかと尋ねられたのだが、お店の人が説明をしながらこんなふうに言った。「金の含有率は18金のほうが高いので、『生活傷』がつきやすい傾向がありますね。でも、結婚指輪はたいてい18金にされる方が多いですよ。値段の差は少しありますけれど」

このときに聞いた「生活傷」という言葉が頭から離れず調べてみたところ、「使用しているとどうしても家具や生活用品等にできてしまう傷」とあった。使っているとどうしてもできてしまう傷……！　私はこの大らかな表現が気に入った。

傷跡のついたものは新品のようにきれいではないけれど、それをどう見るのかによって見え方が違ってくるのではないだろうか。人間も同じ。傷つくことのない無菌室にいることはできないのだから、生きていれば誰にでも欠点や傷跡が生じるだろう。人によくしてあげようとしても、仕方なく傷を与えてしまったり、受けたりすることは数えきれない。指輪をアクセサリーケースにしまわず毎日はめていたら「生活傷」ができてしまうように、生きていくうえで傷を受けることは避けられない。特に一生懸命生きてきた人であればあるほど、人より多くの傷があって当然。失敗からくる苦悩をそんなふうに理解してあげれば、自分自身をもっと優しい目で見てあげられるのではないだろうか。それは大きな欠陥、傷跡なのではなく、ささいな「生活傷」なのだから。

私は交通事故で足をけがしたあと少しだけ足を引きずって歩くようになった。最初は歩くたびに周囲の人からじろじろ見られているような気がしたし、リハビリも恥ずかしくてやめたくなることがあった。もう一度事故の前の自分に戻ることができないだろうかと思っては、毎晩泣いていた。けれど、いつまでも泣いているわけにはいかない。いつまでも歩かずに立ち止まっているわけにはいかないのだ。「もういい！　ちょっと足を引きずっているからって、なにさ！」と思ったら、歩くことにそこまでストレスを感じなくなった。周囲の目を気にすることなく懸命に歩いていたら、足の状態も改善してきたから不思議だ。

人生には、ほんの少しの「仕方ないじゃない」というあきらめが必要なのだと思う。全力を注いでも意のままにならなかったとき、それから受ける傷も、生きている限り仕方なく生じてしまう「生活傷」のようなものだと考えたらどうだろうか。そうやってあきらめればコンプレックスが原動力になることもある。私の足には交通事故でできた七センチの傷跡があるが、いつかこの傷跡の始まるところに花柄のタトゥーを描きたいと思っている。傷跡全体が、ぱあっと咲いた花みたいになるように。

無礼な人に出会ったら

生きていると無礼な人に必ず出会う。彼らは私たちを傷つけ、当惑させ、なんとか踏んばりながらいっぱいいっぱい生きている私たちの心をかき乱す。初めはひどく泣かされてばかりだったが、会うたびに自分なりの対処法ができた。それを五つ紹介しよう。

まずは相手にそれが問題のある発言だと自覚させること。普段私たちがいくら自由に発言できるといっても、それは人権を侵害しない範囲のことである。誰かがその一線を越えたときにそれを警告することは、言葉の暴力に対処するための最も基本的な方法だ。偏見に満ちた言葉を浴びせられたら、興奮せずに「第三者が聞いたら誤解すると思いますよ」と言ったり、「当事者が聞いたら傷つくでしょうね」と伝えるのが一つの方法だ。ここで重要なのは感情を表に出さず、できる限りドライに言うことだ。

二つめは、聞き返すなどしてその発言を客観視させること。この状況が理解できない、というように、天真爛漫に聞き返すとなおよい。例えば誰かが冗談を言いながら「あの人のそばにいれば、美人に見えるよ」と発言したら、「あの人の顔がブサイクだと言いたいんですか？」と聞き返すというふうに。その瞬間相手は力を失い、自らの発言を振り返ることになるだろう。

三つめは、相手の発した不適切な言葉をそのまま真似て聞かせること。例えば誰かが「『老いぼれ』は悪口ではなくて、親しみを込めて使ったんだ」と言ったら、「私も親しみを込めてあなたを『老いぼれ』と呼んでもいいかしら」と畳みかける。相手の論理をそのまま持ち出して、返してあげるのだ。「胸が小さいのに、どうしてブラジャーしてるんだ？」と聞いてくる男には「じゃあ、あなたはどうしてパンツを履くの？」というように、おかしな論理で攻撃してくる人には、当事者の身になって考えさせてあげればいい。

四つめは、冷めた対応をとること。育児の専門家は、子どもに何度も言い聞かせたのに騒ぐのをやめなかったり、ぐずったりしたら、あやしたりなだめたりしないほうがよいとアドバイスしている。何も言わずじっと見つめたり、していたことをやめてそこから離れることも一つの方法だという。親が自分のわがままを聞いてくれない状況に遭遇したとき、その状況を自ら理解し自制させるのが目的だが、この論理は大人にも通用する。チャットルームから解放されたいと思ったときには、「(笑)」または「そうなんだ」程度のメッセージを返して会話を終わらせてもいい。あまりにもひどいときは、あえてメッセージを開かずにいたり、読んだとしても返信しないほうがいい。直接会うような状況ならば、「そのようにお考えなんですね」、「はーい」程度の表現だけを意図的に繰り返すことで意志表示できる。

五つめは、ユーモアたっぷりに答えること。時代錯誤的な発言に遭遇したときに特に効果があるのだが、例えば誰かが家父長的で偏見に満ちたことを言ったら、「うわっ、李氏朝鮮時代の人ですか。常平通寶《じょうへいつうほう》〔朝鮮時代の貨幣〕でも見せてくださいよ!」と跳ね返すというふうに。愛情がなく自慢だけの小言を聞いたら「近ごろは、小言を言うときは先に料金を払ってからだそうですよ」と言ったり、「私の両親も三十年間努力してあきらめたんですが、チャレンジしてみますか?」と、冗談を言うように突き返せば、相手はもう何も言えなくなるだろう。話が長くなりそうなら、「私なりに考えていますから」と、話題を変えてもいい。ただ、冗談を自然に言うには、経験を積み重ねた上での能力が必要なので、経験値を高くした後に試してみることをおすすめする。

攻撃してくる人たちに対して我慢してばかりいると、こちらが無気力になってしまう。無礼な人に出会ったら避けるばかりが能ではない。自分だけの対処法を備えるべきだ。「みんなそんなこと言わないのに、どうしてあんただけが気むずかしいこと言うわけ?」と言う人には、それはそのみんなが我慢したり避けたりしてくれているだけなんだと教えてあげなければならない。人類は弱者が強者に「いくらなんでも、これはないんじゃない?」と訴えることによって、それまでの世代とは別の文化をつくってきたのだ。不快に思ったらそれ以上我慢しないこと、私たちが生きるべき世の中はこうあるべきだと発し続けること。なぜなら、この世はこれまでそのように進歩してきたのだから。

頑張らないのがいちばんいい、ということもある

高校生のとき隣の席に座っていた友達に、「ボーイフレンドにお腹を蹴られた」と、制服の間から真っ青になったお腹を見せられた。ボーイフレンドに内緒で友達と遊園地に行ったら蹴られたというのだ。別れなよ、と言っても「あの人ときどき怒ると殴るけど、それさえなければいい人なの」と。友達は「私が気をつければ大丈夫」と言ったが、その後も青あざはいろんなところにできていた。ある日は足首に、ある日は首に……。彼女の意志や努力が足りず、その男は暴力をやめなかったのだろうか。

こちらが努力したところで人は改善されないということを、私も経験から学んだことがある。以前つき合っていた人が、私の行動をあまりに詮索するのでよく注意した。彼はそのたびに、

直すよ、と言っていたが、彼が私の携帯電話を隠れて見ていたのがわかり、私たちの関係は終わった。また別の彼は、うつの症状があったのだが、私は彼が好きだったからなんとか治してあげたかった。私だったらできると思ったのだ。けれど、彼と会うたびに私まで真っ暗な沼に沈んでいくようだった。その人のせいで、笑う時間よりも泣く時間のほうがずっと多いことがわかったとき、私たちは別れた。

相手の「直すべきところ」にばかり執着すると、自分まで不幸になってしまう。相手が約束を破るたびに、激しい言い合いをして和解するという無意味なやり取りが繰り返される。心の中で燃えたぎる火の粉が相手を直せない自分に向かって舞い飛んできて、無力感に襲われたり、人間自体に対して嫌気がさしたりするのだ。その状況から脱出するために必要なのは、さらに努力することや耐えることではない。問いを替えなければならない。

ありがちな問いは、「あの人は、その部分さえなければ大丈夫なのよね?」と「それなら、どうやって私に直せるだろう?」だが、それは間違っている。「彼の弱点は、客観的に問題になるレベルかどうか?」と「弱点が改善されなかったとしても、それに私は耐え抜けるか?」に替えなければいけない。人間は簡単に変わらないという事実を前提とし、その人が変わらなくても自分は耐えられるかと問うてみるのだ。判断がつかなければいったん適度な距離を置いたあと考えても遅くはない。ときには、頑張らないのがいちばんいい、ということもある。

自分を信じてあげること

二〇一六年、ミュージカル映画『ラ・ラ・ランド』が映画界の話題をさらった。第七四回ゴールデングローブ賞の授賞式で、ノミネートされた七部門すべてを獲得した。ライアン・ゴズリングとエマ・ストーンが出演し、デミアン・チャゼル監督が脚本と演出を手がけたこの映画はまるで一篇の叙情詩のようだった。夢を追う二人の若者が成長していくストーリーは平凡だが、それをミュージカル映画に仕立てた演出がとても緻密で幻想的。まるでディズニーランドに足を踏み入れたような、観る人をふわふわした気分にさせた。

デミアン監督が二〇一四年に発表した前作『セッション』も深い余韻を残す映画だったので、彼のインタビュー記事を検索してみたのだが、いろんな記事に共通して書かれていたのが、デミアン監督の本当のデビュー作は、『セッション』ではなく『ラ・ラ・ランド』だということだった。デミアン監督は二〇〇六年にはすでに『ラ・ラ・ランド』の脚本を完成させていたが、当時新人だった彼に快く投資する人はいなかった。「制作費がかかりすぎる」、「ミュージカルの恋愛映画は売れない」など、投資を受けられない理由は枚挙にいとまがなかった。そこで彼は、『ラ・ラ・ランド』の代わりに『セッション』を制作し、自分の実力を証明しなければならなかった。

デビュー作『セッション』は評論家からよい評価を得るだけでなく、制作費の十二倍を超える収益をたたき出した。するとデミアン監督は二〇〇六年に完成させていた『ラ・ラ・ランド』の脚本をひっぱり出して、映画制作者に会うたびに説得を始めたという。もちろん脚本は以前断られたものと同じだった。しかし、状況は完全に変わっていた。断られたときのすべての理由が、力を失っていった。

韓国を代表する映画監督の一人であるチェ・ドンフンも似たようなことがあった。彼が最初に書いた脚本は五人の若者が銀行強盗をするストーリーだったのだが、脚本を完成させ映画制作会社に持って行ったところ断られた。チェ監督によると、不採用の理由として脚本を読んだ人からこう言われたそうだ。「主人公が五人もいる構成は不自然で、セリフにスラングが多すぎる」。しかし、彼が脚本を手がけ演出した映画、『ビッグ・スウィンドル!』、『タチャ イカサマ師』、『10人の泥棒たち』、『暗殺』などの共通点は、多数の主人公が登場し、何かを盗み、スラングが多いという点だ。

驚くべきことに、パク・チャヌク監督にもそんな過去があるそうだ。彼は一九九二年に『月は…太陽が見る夢』でデビューした。主人公は歌手のイ・スンチョルで、結果は大失敗。どのくらい不評だったかというと、どこにもレビューが書かれなかったというのだ。イ・ジュニク監督の証言によると、その後、『アナキスト』という映画をパク・チャヌク監督に任せようと思ったのだが、当時、制作会社の担当者はすべて「監督がパク・チャヌクなら投資できない。監督を替えるのなら投資しよう」と言い、他の監督に機会が与えられたという。そのようにして五年もの間、映画を撮ることができなかったのだが、ついに機会を得て『3人組』という映画を撮った。しかし、昔の大失敗が影をひそめるほどのひどい結果となった。

『殺人の追憶』、『グエムル─漢江の怪物─』等、安定したヒットを飛ばし続けるポン・ジュノ監督も、デビュー作『ほえる犬は噛まない』の完敗が影響し、商業的なビジョンに欠けるマニア向けの監督として分類された。同時期、リュ・スンワン監督も映画祭や脚本公募に何回も応募したが、すべて落選していた。当時、ポン・ジュノ監督は、リュ・スンワン監督に、「俺は才能がないようだな……。一緒にパン屋でもしてみるか?」と言ってばかりいたという。彼らに負けないくらい前途多難だったパク・チャヌク監督が、そのとき彼らをこうなぐさめていたらしい。

「才能のあるなしが重要なのではなく、自分にはあると信じるのが大切なんだ」

他人の指摘だけを聞き弱点をなくすことばかり考えていると、長所も一緒に失ってしまう。私たちが人を好きになるとき、短所があっても特定の長所が極立った人は魅力的に思えることが多い。もともと光り輝いているものを「人に好まれやすいもの」に変えてしまうと、結局誰もそこには魅力を感じないものだ。

デミアン監督は、自身が好きなことを最後まで貫いた。ミュージカル映画は売れないとか、人に好まれやすいハッピーエンドに修正したほうがいいと言われても、その言葉を鵜呑みにしなかったおかげで『ラ・ラ・ランド』が誕生した。チェ・ドンフン監督は「ノワール系は書けないだろう」と言われていたが、何人もの悪人が入り乱れては強盗を繰り返す人間模様を描き続けることで、その分野においては抜きんでた地位を確立した。

二十代はオーディションの応募者のように、絶えず自身を証明していかなければならない時期だ。審査委員のような周囲の人は判断材料がないため、もっと何かを見せるようにと求めてくるだろう。このとき、言われたことを鵜呑みにしてはいけない。誰もが他人についてはよく知らないし、忠告をしているようでいて自慢しているときもある。忠告であれ自慢であれ、答えがないことは同じである。

だから、パク・チャヌク監督のように、在庫のようなひどい扱いを受けたとしても「これが終わりではない」と考えてみてはどうだろうか。他の人々が自分を信じないのなら、その度合いと同じくらい、自分は自分を信じてあげるくらいがちょうどいいのだ。悲観主義がはびこるこの世に希望を見いだす方法は、ここにある。

別れることで成長する

恋愛していて、これといって深刻なことがあったわけではないのに自然と心が離れていくことがあった。同性の友達とも違う学校に進学してしまうとお互い別の関心事ができ、徐々に連絡を取り合わなくなる。それを誰もが経験する倦怠期のようなものだと一言で片づけてしまうには、その複雑かつ微妙な感情を説明しきれなかった。そんなとき無理に関係を続けようと努力すると、さらに辛くなった。私はどうしてこんなに根気がなくて自分勝手なんだろうと悩んだりもした。

しかし、これまで懸命に取り組んだことがつまらなく思えたり趣向が変わっていくように、人に対しても同じようにならざるを得ない。人生の主要な時期ごとに目標や優先順位が変わるので、一緒にいてほしい人も変わり続けるのだ。私が社会学にどっぷりはまっていたころは、社会的活動に精を出す人に好意を持ち、映画や音楽に興味津々だったときは、芸術家らしいスタイルの人に夢中になった。冗談がうまくなりたかったときはギャグのセンスが似た人を探し、悩みが深く心の安定を求めるときは優しい友達と長い時間を過ごした。そんなとき、私はいちばん私らしくいられたような気がする。

私たちは周囲の人から影響を受け、その人の一部が自分の一部になったあとに別れ、その中で成長していく。卒業式で泣く生徒は永遠に学校に残っていたくて泣くのではない。ただ別れを意識しているだけだ。歳を重ねると顔や身体に変化が生じるように、時間の経過とともに自らを取り巻く環境が変化するのは自然なことである。

自分が成長できたり刺激を受けられる関係性でないのなら、どんなに親密だった間柄でも、これ以上つらくならないように離れることにした。経済的、心理的に親から独立しつつ大人になるように、その関係性の中で生じた不和や別れは仕方がないものだと理解できるようになったからだ。いまの自分に合わない洋服をぴったりなサイズだと思い込み、体を服に合わせようとすると、どんどん自分への嫌悪感が増してきてしまう。

「自己肯定感を高める方法」にはいろいろあるけれど、基本は心のサイズを周期的にチェックすることだと思う。自分の変化を直視したあと、それに合うものを探し出せば新しい出会いを見つけることができる。いつでも離れられると考える人だけが、現在に忠実であるとも言えるだろう。私はムン・テジュンの詩「移りゆく草原」が、そらで言えるほど好きなのだが、この詩は変化と成長、そして人との適切な距離をうたった詩だと思っている。詩の一部をここに紹介しよう。

あなたと私の間に草原が一つあったらいい
あなたはあなたの羊の群れを引き連れ、私は私のヤクを連れて暮らせたらいい
生きるということは、羊の群れとヤクを引き連れて移動させる古びたテントであることを
知っているが
あなたはあなたの羊の群れのために新しい草原を見つけ、テントを移し
私は私のヤクのために新しい草原を見つけ、テントを移そう

鈍感力を育てる

外交部長官〔日本の外務大臣にあたる〕のカン・ギョンファ氏は国連の事務次長補の職にあったとき、トーク番組に出演しこんな質問を受けた。「女性として職場で受ける偏見に対し、何かアドバイスできることはありますか?」カン長官は、こう答えた。

「私も心の片隅でよく同じことを考えます。『自分が女性だからこんな扱いを受けるのだろうか? 私が韓国人だから、東洋人だから差別を受けるのか?』と。周囲の環境も結果も良好で人との調和も取れているときはそんなこと考えませんよね。しかし、状況がよくなかったり望むような結果が出ないとき、葛藤があったり反対する人がいたり落ち込んでいるときにそういうことを考えるんですよ。まったく意味のないところで『その人の真意はなんだろう』と変に悩まないように、私は本当に努力していますよ。基本的に、相手が言ったことはそのまま受け止めてください。あまり疑い深くなってはいけません。相手の言ったことを二度三度思い返しながら無駄な憶測をしてはいけないんです。それは本当に健全ではない習慣ですけれど、陥りやすいんですよね。そのような心の罠に陥る同僚をたくさん見てきました。特に、あなたがリーダー的存在で、異なる文化を持つ人と働く場合は、信頼感を常に持ちつつ状況を見据えなければいけません。見たそのままを受け止めるんです」

カン長官の言うことにはとても共感できた。私は敏感で物事をあれこれ考えるタイプなのだが、職場で働きながら人々と接しているとこの部分が邪魔になるためだ。特に女性は男性に比べて共感能力が高く細やかなので、ものごとの因果関係を論理的に問いただそうとする傾向がある。周辺の人々と関係を維持することに注力し、よく気がつくので主任職のときは人事考課等でよい評価を受けることが多い。しかし、課長職などリーダーになり始めると、この長所は影をひそめてしまい、むしろリーダーシップ性に欠けると評価されてしまうはめになる。

周囲の人の目を気にしすぎてしまい、組織のリーダーとして仕方なく悪役を引き受けることができず、リーダーシップを発揮できない人がいる。チームのメンバーに適切なミッションを与えることに失敗し、マイクロマネジメント〔上司が部下に対し過干渉であること〕をしていると批判されるケースもよく目にした。すると、意気消沈したリーダーは、メンバーの表情が曇っているのは自分のせいではないかと気をもむ。そんなふうに自分の力が至らないと思い悩み続けると、メンバーが正当な批判をしてきたとしても「無視されているのでは？」とその批判を受け止めることができず、権威で押さえつけようとする。そのような人は自分だけでなくメンバーも苦しめることになり、周囲に不安を与えてしまう。

会社とは、利益の創出という共通の目標に向かって走るためにつくられた、臨時の集まりである。会社の人たちは友達ではなくて、利害関係を共にする単なる同僚であるということを忘れてはいけない。仕事をしていると明るみに出るのだが、まったく合わない価値観を持つ同僚も当然のことながら存在するし、真っ向から対立してくる同僚だっているかもしれない。過度なストレスを受けているときに深く考えて対応するのは難しく、何気ない言葉や行動でお互い傷つけ合うかもしれない。そのすべてのことにいちいち意味を見いだし、理由をあげ続けていると、簡単に奈落に落ちてしまう。

特に相手の行動に対して当て推量をし、あれこれ思い悩む癖をなくすよう努力しなければならない。相手の意図を掘り探ってばかりいたら被害者意識につながっていくからだ。理解できない相手の反応を見たら、「そう考えることもあるんだな」と、目の前に現れた事実だけを見ればいい。そのような適切な無心さ、鈍感さは、相手を無視するのではなくむしろ尊重するために取る態度とも言える。職場でお互いこのような気持ちで接することができれば、ストレスは一気に減るだろう。私が出会った優秀なビジネスパーソンの成功の秘訣はここにある。

とげのある言葉の連鎖からは、距離を置いてみる

とげのある言葉を言われることがあれば、言ってしまうこともある。人がやりとりするエネルギーは相当なもので、笑いながら冗談のように言ったとしても後味の悪さを残してしまう。真剣に腹を立てたり問いただしたりするのもばつが悪く、ただ心の中に嫌なものを抱えつつその場をやり過ごすことがほとんどだ。

とげのある言葉を言う人は、相手に対し満たされない思いが積もり、爆発寸前であることが多い。また、改善できそうなことを話してみたにもかかわらず、相手が聞く耳を持たずどこ吹く風という態度のためひとこと言いたくなるのだ。そんなふうにモヤモヤした気持ちのまま関係を維持していると隠れていたとげがズキズキうずき出し、それが言葉になって出てきてしま

う。私はとげのある言葉を言われたり、言ってしまったりしたら、この人との関係を少しの間お休みするときがきたという信号だと受け取っている。

親しくしていたある友人は、いつも待ち合わせの時間よりも三十分くらい遅れてきていた。最初は我慢していたが、のちに注意した。約束を大切に思うのであればこんなふうにいつも遅れるはずがない、時間を守ってほしい、と。申し訳ないと言っていた友人は、最初は注意していたように見えたが、すぐ元に戻った。腹が立ったが同じことを何度も言うのもうんざりし、それ以降その友人と約束をすると、「あんた、どうせ遅れてくるから本屋で会おうよ。私は本を読んでいるから」、「(約束の時間が二時ならば) こんどは四時までには来るよね?」と、嫌みを言い始めた。

友人は私の言葉にとげがあるのを感じたのか距離を置き始め、私たちは急速にぎくしゃくするようになった。お互いが相手からストレスを受けているということがわかったとき、私は友人と少し離れていようと思った。お互いが目の前に横たわるわだかまりを解こうとするのなら、一緒にお酒を飲んだり謝ったりすることもできるが、それはできなかった。とげのある言葉は、長いあいだ積もりに積もったお互いへの不満ややりきれなさが放出されたものだとわかったからだ。このときはすでに感情がささくれ立っているから、解決しようとしても相手に非難の言葉を浴びせてしまったりする。

友達や恋人と別れて帰る道、むなしさでいっぱいになり、その人よりも自分をもっと大切にしてくれた人が思い出されるなら、そして寂しさで心がささくれ立ち、とげのある言葉でしきりに傷を与えてしまうのなら、その関係はしばし中断させたほうがいい。お互いが嫌になってそうなってしまったということを理解し、双方に考える時間を与えるのがもっとも賢明なのである。

距離を置きそれまでのやりきれなさを落ち着いて整理してみれば、感情の温度はきっと下がる。「あんたは約束を守らない、怠惰で無責任な人間だ」と、ふつふつと沸き立っていた心が、「いつも時間に遅れる姿を見ると、軽く思われているようで気分悪いな」程度に落ち着くだろう。とげのある言葉を言ってしまうことをいつも後悔するなら、その人とはしばらく距離を置いてみるといい。

出会うべきタイミングはまだ先にある

ポン・ジュノ監督の二〇〇三年作映画『殺人の追憶』を十年以上ぶりに観てみた。公開当時、私は映画館で観たのだが、夫はこれまでこの映画を一回も観たことがなかったそうだ。私は夫におもしろいし意味深長、ぜったいに観るべきおすすめの映画だと強調した。それから映画を見始めると、私はこの映画のことをじつはよく知らなかったのだということに気づいた。以前はまったく気にとめなかった場面が改めて観てみると重要かつ象徴的だったり、感動したはずの場面がいまではそんなに心を揺さぶられなかったりした。

同様に、おもしろくないからと放り投げていた小説も、数年後に再読してみると衝撃的なほどよかったりもし、一方で、ある小説は一時期とても好きだったのに改めて読んでみるとつまらなかったりもした。芸術も人も同様である。相手が変わったのではなくて自分が変わったのだ。ある時期に何かに少し触れたからといって、それについてすべてを知ったかのように振舞ったり語ったりするのがいかに愚かなことか。だから、幼いときのちょっとした嫌な思い出や好ましくない経験のせいで二度とそれに触れまいとするのは、人生の喜びを享受する機会を失うということだ。ただでさえ嫌なことで満ちているこの世の中なのに。

歳をとるとこれまでの経験値をもとに、人を血液型で分類するように心の中で感情的に区別し、自分と感覚が似ている人とそうでない人に分けてばかりいる。傷つかないようにという本能のようなものでもあるが、人をいとも簡単に判断し振り分けてばかりいると、出会う人の領域が広がることのないまま止まってしまうし、考えや環境が似た人ばかり周囲に置いておくと、急速度で自分が「老害」化してくる。

そのことに気付きだせば、難解だと感じた作品を「好きでない」、「私には合わない」と決めつけることなく、「まだ機が熟していないようだ」と、少しだけ後に回そうと努力できるようになる。実際、時間が経ってからもう一度接してみて本当に好きになった本、映画、音楽はたくさんある。

それと同じように、多様で複雑な趣向が入り交じった人に会ったら、すぐは理解できなくても自分が被害を受けない限りは、その人に対する判断を保留にしたほうがよいのではないだろうか？　自分が正しい、相手が間違っている、そしてその人が気に入らないというのではなく、私たちはただ単にまだ出会うべきときではなかったと考えれば、少し気が楽になる。よい、悪いの判断は棚に上げて自然と受け流せば、いつか縁が巡ってきてよい関係に発展するかもしれない。

人間関係にもミニマリズムが必要

季節の変わり目、最初にすることがタンスの整理だ。週末の一日を使い、自分なりの基準で捨てる洋服、着る洋服を仕分けする。以前は暖かくなるなら春夏物を、寒くなるなら秋冬物を、というふうに引っ張り出していたのだが、何回かそれを繰り返していたら洋服の山になってしまい、空間が足りなくなった。そして、その洋服を保管するためにキャビネットやハンガーを買い足した。不便なのはそれだけではない。洋服が多くなるにつれて、いざ着ようというときの洋服がさらに足りなく感じるのである。朝が来るたびに何を着ようかと悩んでいたが、実際手に取るものは数えるほどしかなかった。自分がどんな洋服を持っているのか覚えられないほどになると、同じような洋服をまた買ってしまったりもした。

本も同じだった。本を読むのが好きで一ヶ月平均十万ウォンくらいを本の購入にあてている。そうして買った本のほとんどは、一度読んだらもう読まない。しかし、本を捨てるのはあまりにももったいなく感じ、「いつか必要なときが来るだろう」と、そのまま積み上げておいた。いま思えば、自分がこんなに本を読む人間だということを常に確認したかったのかもしれない。そうして本が積まれていくと本棚をいくつも買わないといけなかったし、引越しするときは引越しセンターの業者さんから「すごい量の本ですね。ご職業は何ですか？」と聞かれては、追加料金を払わなければいけなかった。

私の部屋を占領する洋服と本をじっと眺めてみた。見ていると愛着を感じるが、維持するには余分なエネルギーがかかり、その中からいざ大切なものを探し出そうとすると長い時間を要した。ずいぶん経ってから、必要なものだけを残す簡素な生き方である「ミニマルライフ（持たない暮らし）」が流行りだすと、私はこれまで執着していたものに思いを巡らせてみた。

結婚するときに引越しをし、所有していた本の三分の二を処分した。洋服と靴は、ある基準をもとに捨てるものと持っていくものに分けた。たった一つの質問をしただけで、持っていたものの半分を捨てることができた。その質問とは、「二年以内にこれを一度でも身に着けたか」だった。

洋服と本を捨ててみると、二部屋二四坪のアパートには広々とした空間が生まれた。そして洋服を着ることがさらに楽しくなってきた。持っている洋服がどんなものか一目でわかるとコーディネートが簡単になるからだ。洋服を見るたびに、「こんなに洋服を持っているのに季節が変わるたびに買いたくなるだなんて、ぜいたく過ぎるんじゃないかしら」と罪悪感を覚えていたが、それも消え去った。すっきりした空間を維持するため、本に対する原則も立てた。本棚二つを超える本は、家には置かない、と。冊数でいうと二〇〇冊くらいなのだが、毎月本を買うように捨てる本も選んで、古本屋に持って行き売るのだ。本当に好きだったものと、それほどでもないものを選び抜く作業は、大切なものとそうでないものが入り乱れる日常において、自分が本当に好きなものに対して真面目に向き合うよい機会になった。

本や洋服のみならず、人間関係においても似たような経験をした。記者として働き、多くの人と知り合い、Facebookやカカオトークには一〇〇〇人近くが友達として登録されている。その中には一度会っただけで、それ以降連絡をとっていない人も多い。それでも、つれない人と思われないように、自分のための人脈づくりにと、特段会いたいとも思わない人に会ったり、慶弔事に顔を出したりもした。でも、そのように人と接していると消耗し、後味の悪さも残る。一日に二つも三つも約束を入れてしまうので、友達に寂しい思いをさせてしまい不満を言われたこともある。これでは当然、深い関係を維持できるはずがない。

このようなことは自分だけではないようだ。人間関係において「豊かさの中の貧困」を感じ、懐疑心を持ってしまうという人が多い。「大学明日二十代研究所」が全国の二十代の男女、六四三人を対象に実施したアンケート結果によると、二十代の二五％が「これ以上新しい人間関係をつくりたくない」と、人脈づくりに対する疲労感を吐露しているという。二十代研究所で発表された新造語「関怠期」が、二〇一七年、二十代のライフスタイルを表現する代表的なキーワードとして広く報道された。

　人々に振り回されていると思ったり、人に会っても空虚感を覚えたりするなら、人間関係の基準を定める必要がある。慶弔事で言うならば、私は一歳のお祝いには行かない、祝儀金も贈らないという原則を立てた。結婚式は同僚やとても親しい人の場合に参列し、祝儀金を包む人と包まない人の区別をつけた〔韓国では気軽に結婚式に招待するので、祝儀金を包まずに参列する場合もある〕。一方でお葬式にはできる限り参列し、行くことが叶わなければ弔慰金を渡した。日常においても自分が感情のはけ口にされていると感じたり、必要なときだけ連絡する人がいたら礼儀は守りながらもできるだけ距離を置くようにし、仕事上どうしても必要な場合でない限りは、直接会わないようにした。

　タンスと本棚を整理するように、人間関係も周期的に状況をチェックする必要がある。人との関係に意味を持たせたいならば、それが生まれる道筋と信頼関係を築くための最低限の時間が必要だ。若いころ、会社と取引のあった大企業の部長が退職したので、これからは家族の方とも関係を築こうと同僚たちと週末を返上して会いに行こうとしていたとき、家族の方が遠慮し、いぶかしく思っているようだったのはこのためだ。

朝井リョウの小説『何者』には、こんな一節が出てくる。

演劇界の人脈を広げるっていつも言っているけど、わかるか、ちゃんと生きてるものに通ってるものを『脈』って言うんだよ。お前、なんかいろんな劇団のアフターパーティとか行ってるみたいだけど、そこで知り会った人たちといまでも連絡取ってんのか？　いきなり電話とかして会いに行けるのか？

いつも忙しくてストレスを感じるのは、仕方なく人脈づくりをしているからだと人は言うけれど、そんな薄っぺらい方法では、人間関係が脈々と続いていかないことに気づいていないだけなのではないか。

第2章

ネガティブな言葉に押しつぶされない習慣

上品に会話を終わらせる二つの言葉

友人たちがひとり、ふたりと子どもを産んでいく。彼女たちの苦境を聞いていると、この韓国という国で母親として生きていくことはあまりにもストレスが多すぎると思う。「ママ虫」という子育て中の母親に対する差別的な言葉が出てきたと思えば、育児の仕方についてもあれこれ干渉され、見ず知らずの人から説教されるようなことも日常茶飯事だという。「母親ひとりで子どもを連れて出かけると、なにかと甘く見られるのよ。息子といると、ひとりは女の子がいた方がいいなんて言われるし。子どもが裸足でいると、靴下を履かせてあげなさいとか、そんなことまで指摘されるの。どうして赤の他人からそんなことまで言われないといけないのかしら」

外出先で会う人ばかりではない。近ければ近いなりにあれこれ干渉されるし、社会的に立場が弱く少数派であるほど、質問の洗礼を受けることになる。「どうして○○しないの？」から始まり、「私は経験したからわかるけど」に発展したと思えば、「あなたみたいなこと言う子たちはみんなあとで後悔してるよ」となる。人は自分の経験の範囲でしか他人を理解しようとしない。「関心」という言葉で他人の人生に首をつっこみ忠告する人たちの論理を聞いていると、自分の言うことが正しいと信じ込んで疑わない人がほとんどだ。

ときにそんな無礼な人たちと戦わなければならないが、いつでもそれができるわけではない。人のエネルギーには限界があるし、ポジティブなことよりもネガティブなことを考えるときの方がより多くのエネルギーを費やすからだ。また、不快感をあらわにしても、相手の行動が変わらないことの方が多いので、こういった感情を持つこと自体が焼け石に水のようで空しく感じられたりもする。

無礼なことばかり言い、人を傷つける人が職場の上司だったり両親や親戚の大人だったりすると、言い返すことが難しい。相手としてはよかれと思ってのアドバイスなので反論するのも考えものだ。そうかといって聞いてばかりいるとストレスが積もりに積もってしまう。だから、お互いが傷つくことなく会話を終わらせるのに必要な、自分だけの言葉を準備しておいたほうがいい。私はそんなときのために二つの言葉を用意している。それは「そういうふうにお考えなんですね」と、「私なりに考えていますから」だ。

「そういうふうにお考えなんですね」は、相手と距離を置くための言葉だ。とうてい同意できないけれども議論もできないとき、相手をじっと見つめながら感情を出さずにこれを言えば、会話を効果的に終わらせることができる。「そう考えることもできますよね」、「そのようなお考えをお持ちなのですね。わかりました」と言いながら、耳を傾ける姿勢は忘れずにいるのだ。世代も違い経験や置かれる状況が違えば、考えも異なるのは当然のことだろう。さらには自分の考えだって変わることがあるし、自分が間違っていることもある。「あの人はそう考えるのか」という淡々とした受けとめ方は、相手のみならず自分に対しても、大した意味を見出さなくてもよいのだという確認になる。否定的な言葉をすべて大袈裟にとらえていたら神経をすり減らすだけだから。

「私なりに考えていますから」は、答えたくなく、答える必要もないときに有益だ。相手の真意が愛情や関心なのか、干渉や戒めなのかは、聞き手がいちばんよくわかっている。「いつ結婚するの?」、「充分な貯金はあるの?」、「旦那さんの朝ごはんはきちんとつくってる?」というような質問が繰り返され、言い返すことにうんざりしてしまったら、にっこり笑いながらこう言えばいい。「そういったことは、私なりに考えていますから」

どうしようもない状況にぶちあたってもくじけずに、毎日少しずつ上品にきっぱりと切り返す練習をしてみるのだ。切り返しに必要な自分だけの言葉を使っていれば、人間関係のストレスは減らすことができる。ここで重要なのは「いちいち傷つかない」、「相手のペースに巻き込まれない」、この二つだ。オバマ前アメリカ大統領夫人のミッシェル・オバマ氏は民主党大会で、夫婦を非難したトランプ氏の態度を間接的に批判しながらこう言った。

「彼らのレベルが低いなら、私たちは品位を保ち、進もうではありませんか（When they go low, we go high.）」

愛のない批判にいちいち傷つかない

私はかつて、人からどう見られているかばかり気にしていた。何かを言われるたびに反省し、行きずりの人に投げかけられた言葉にさえ、長い間あれこれ悩むことが多かった。女性に対する批判を聞くと、私は違うんだと弁明するのにムキになったり、「デート代を払わない韓国女性」、「ブランド品好きの女子大生」といった言葉を聞くと、実際そのような人は周りにいないのに、「みんなはそうかもしれないけれど、私は違う！」と鼻息を荒くしたりもした。

でもだんだん、気をつかってばかりいる自分に疲れてきた。これらは本当に愛情のこもった批判なのか、それとも心配していると装って自分の権威を確認しているだけなのか考えてみた。するとも私も人のことをよく知りもしないのに、でたらめを言っていることが多いと気づいた。

短所は長所よりも簡単に見つかるし、批判をすることで優越感に浸っているときもあった。戯《たわむ》れのような感覚で言っていたときもあるし、うらやましいという感情のせいだったりもした。それなら、他の人たちも私に対してそうだったのではないか。愛情のない批判、習慣的な批判、上っ面だけの配慮を見極めるようにしながら数年過ごしていたら自分なりの基準ができあがった。

まず、その言葉が自分への愛情と関心から発せられたものか確認してみるといい。そうでないとわかったら、動じないように努めてみる。名節〔正月《ソルラル》や仲秋節《チュソク》〕くらいしか会わない親戚が「いつ就職するんだ?」、「いつ結婚するの?」と聞くのは、他に話題がないために持ち出す挨拶のようなものだ。こんなときはいちいち傷つかず、「そのうちしないといけませんね」と儀礼的な返事だけしていればいい。権威を誇示するために質問を浴びせる人に対しては感情を断ち切ってしまうことが得策だ。こういう人たちは、「私たちのときはそうじゃなかったのに」というような根拠のないことばかり言う。

大したことでもないのに、やれ大変だ、問題だとやたらと大げさに取り沙汰されるのは、いまに始まったことではない。そんなときは、それは本当に問題になるのだろうかと疑ってみるといい。スマートフォンの普及による影響で個人主義が深刻化し、意思疎通が難しくなってきたと言われるが、一九七〇年代にテレビが普及したときも、共同体の破壊だ、問題だと煽《あお》っていた。また、最近は流行語やネット用語が広まり世代間の言葉の断絶が起こり、言語の破壊が深刻化しているといわれるが、八〇年代にも若い世代が「オクトルメ〔屋上から落ちてきた味噌玉という意味。女性を〝超ブス〟と蔑むスラング〕」というような言葉を用いて問題だと嘆いている新聞記事があった。

例えば、「最近の若者は礼儀知らず」、「近ごろの大学は差別の殿堂」といった批判や中傷するような言葉は鵜呑みにするのではなく、それを発した人の根拠と言葉の意図に思いを巡らせてみるのだ。個人的な思いを無理やり一般化したものではないか、不必要な心配ではないかと検証してみると、「最近の〇〇は、△△だ」というような話は、たいてい根拠なく簡単に決めつけているものがほとんどだ。心配しているふりをしながら実は権威を誇示し、優越感に浸るために言っていることが多い。

大切な言葉を聞くためには、周辺の騒音を下げなければならない。人が邪魔してきたら静かにしてほしいと主張しないと、自分の声は埋もれ、届かなくなってしまう。

心の筋肉を鍛えて、うつから回復する

「先輩は、生きていて楽しいですか？」ある後輩から悩みを打ち明けられた。彼女は最近何もする気にならないと言う。何かをしてみたところで人生が好転するわけでもないのに、こんなふうに一生懸命生きなければならない理由がわからない、自分をとりまく人間関係が無意味に感じられ、すべてのことをやめてしまいたくて憂鬱でたまらない、と。私は言った。「当然よ。誰でも一度はそんなふうに考えるの。自分はどうしてこんなに情けない人間なんだろうってね」。後輩が目をぱちくりさせながら言った。「先輩はそんなふうに考えないのかと思っていました……。先輩は、すごく明るいじゃないですか」

他人にそれらしく見せることは、なんて簡単なんだろう。人は、自分が都合のいい仮面をつけて世の中を渡り歩いていながら、周囲は仮面をつけていないと錯覚しているようだ。また、自分は人から単純に定義されることを嫌いながら、人に対してはすべてわかっているように判断したりもする。私はいま社会人として働き、結婚もしている。そしてよく笑いもする。このような私を見て誰かがこう言った。「何の悩みもなさそうだね」。けれど、勤め先がなく未婚だからといって不幸なわけではないように、それなりに見える人生もそれがすべてであるわけではない。幸福は夏に外で食べるアイスクリームのように、輝くのは一瞬で、すぐに溶けて消えてしまうから。

「私、結構イケるかも」と、「私はどうしてこんなにイマイチなんだろう」という感情が、躁うつ病の症状のように行ったり来たりする。未来を嘆いたり、人と比較したり嫉妬しては、自分に対してがっかりする。愛されたい、認められたいという欲求が湧き上がったり、幼いころの傷がしきりにうずき出したりもする。何事にも動じない人間になり、自己肯定感にあふれ傷つくことなく生きていきたいけれど、それが可能になったことはいままで一度としてない。これはみんな同じなんだと思う。

身体のメンテナンスについての話はこんなに巷にあふれているのに、どうして心のメンテナンスについての話はあまり耳にしないのだろう。「わたし、具合悪いの」とは言えても、「わたし、メンタルに問題があって」と言うことはとても不利なことのように思える。でも、体が弱っているときに風邪にかかるように、うつ病も心が弱っているときにかかる風邪のようなものととらえられないだろうか。そうすれば、ふと、うつの感情が湧き上がってきても、すぐによくなるという希望が持てるだろう。

精神科医師のハ・ジヒョン教授は、「不安というものはなくすべきものでなく、管理すべきものだ」と言った。油断するとすぐに太ってしまう体のように、心も似たような観点からアプローチするといい。実際、体重を維持し続ける秘訣は、優れた精神力を備えることではなくて、まず体と健康に関心を向けることだという。お気に入りの服がきつくなってしまったら「ダイエットしよう」と決心し、ランチを食べ過ぎてしまったら夕食を軽くし、定期的な運動をして体力をつけるのもいい。たくさん食べれば太り、運動をすれば筋肉がつくという事実を自然と体に理解させるのだ。一方、摂食障害のある人は、「いつも痩せていなければ」という強迫観念を持っているため、体を管理する機能がこわれ食事を抜いては暴食したり、嘔吐を繰り返したりしてしまう。

大切なのは、心の筋肉を鍛えること。心の筋肉を鍛えるということは、感情のゆらぎがない状態にするのではなく、仮にうつの感情が湧き上がってきても早期に回復する力を得るということ。そしてこの回復力こそが、私たちが備えるべき自己肯定感と深く関わっている。

会社でメンターを探さない

「会社というものは、美しい場所ではない。そう割り切れば逆によい部分が見えてくる」

ソウル大学付属病院精神健康医学科ユン・テヒョン教授の著書『フィックス ユー』を読み、印象的だったフレーズだ。会社に対して大きい期待を寄せると、「この会社、どうしてこんなに理不尽なの」、「あの上司、どうして私にばかり……」と、不満ばかりがあふれ出す。理想像を思い描き、改善しようと努力するのは結構だが、会社という組織の特殊性と限界も同時に考えなければならない。そうしないとせっかくの努力が徒労に終わってしまう。本来会社というものは「家族」のような場所ではないのだから。

十年近く会社という組織で働き、多くの人と出会った。所属部署の下っ端として働いたこともあるし、入社後数年経って先輩と後輩両方に囲まれたときもある。そして今はほとんどが後輩、という部署で働いている。管理職になってみると、入社して三年も経たないころだったらわからなかったようなことが見えてくる。これまで働きながら挫折感を味わう人を多く見てきた。もちろん会社の方針が不合理なこともあるけれど、会社というものは単に利益を追求する集団である。だから、会社の方向性が自身の考えと違ったり、気の合わない人と仕事をするのは、ある意味自然なことなのだ。とうてい会社と合わないと思うのであれば、冷たく聞こえるかもしれないが辞めてしまえばいいわけだし、自分を責めたり苦しんで泣く必要はない。

職場の上司は、もともとあなたのメンターではない。人は年長者だからといって、そして経験が豊富だからといって賢明になっていくわけではない。ドラマ『未生（ミセン）』に登場する社員チャン・グレのメンター、オ・サンシク課長のように、さりげなくケアし信頼を寄せてくれる上司であるのが理想だが、そんな人はドラマにしか存在しないものだ。自分が不当な扱いを受けているとアピールして、上司がそれを慮《おもんぱか》ってくれることは、残念ながらないだろう。上司も人間である。上からは実績を出せと言われ、目の前のするべきことに汲々《きゅうきゅう》とし、あれこれ思い悩む平凡なサラリーマンなのだ。だから、部下として何か指摘をすると、仮にそれが筋の通った批判だとしても憎たらしく思われてしまうだけだ。絶対に上司のプライドを刺激してはいけない。不合理な出来事に遭遇しても、他人の前で無遠慮に批判してはいけない。必要性を感じたら、気持ちが落ち着いたときに個別に面談をするといい。リラックスした雰囲気の中で悩みを打ち明けるように上司に尋ねてみれば、お互い傷つくことなく穏やかに話すことができるだろう。

職場の同僚もまた、あなたの友人ではないということを理解したほうがいい。人は会社の同僚にも多くの期待を寄せてしまいがちだ。同期には、自分の存在を脅かさない程度の、そして自分にだけ業務が降りかかってこないくらいの業務成果をあげてほしい。飲み会では異口同音に会社と上司の悪口を言わなければならない。後輩も同じだ。自分の存在を脅かさない程度に適度に仕事をしてもらいながらも、こちらの言うことはよく理解し、任務をテキパキとこなしてほしい。なおかつ、謙虚な姿勢を保つこと。これらができなければ、その後輩は、こざかしく無能力なのだ。こんなふうに同僚たちの理想像をつくりだしそこに執着すると、派閥をつくって社内政治を繰り広げたり後輩に嫌がらせしたりする先輩になってしまう。他人に期待ばかりしていると、後輩が辞めたり同期が裏で悪口を言ったりしているのを知ったとき、「裏切られた」と傷つく。けれども本来、会社は利害関係で成り立っているのだから、友達は会社の外で探そう。

自身と会社の名刺とを同一視すると、自分を守ってくれていた名刺を失ったときに動揺してしまう。会社や職場の人に大きな期待を寄せたり、多くのことを望んではいけない。会社が自己啓発を促してくれたり、生涯の友が得られるような最良の場所であるなら、初めから給料なんてくれないだろう。世の中のほとんどの場所がそうであるように、すべての関係はお互いの利害関係の落としどころが同じであるときに維持できるのだ。会社は自分に責任を取ってくれる場所ではなく、会社との関係は一時的なものだと思ってしまえば、仕事で知り合った人にパワハラをはたらく必要もない。また、会社に貢献しようと躍起になっては裏切られたと涙することもないだろう。会社の名刺以外に自らを説明できるものを別の世界でも見つけるよう努力し、一緒に過ごしてくれる人を会社以外でも探してみよう。会社に対してある程度割り切った気持ちで仕事をすることが、健全な精神を保つコツである。

上司が傍若無人だったら

「ちょっと頭が悪いようですね」。聞いた瞬間、頭の中のヒューズがぷつんと音を立てて飛んだ。受話器を持っていた手がブルブルと震える。雑誌の記者として仕事をしていたときに部署異動があり、国内大手企業のオンライン広報代行業務を担当することになった。異動して間もないころ、その企業の大きなイベントを広報するコンテンツを作成し、担当者に内容を確認してもらったのだが、その担当者がとても神経質な態度を見せつつそう言った。

その業務を担当することになったとき仕事を教えてくれた人が、「あの人は人見知りというか……、最初はケチをつけたり怒ったりすると思うけど、いったん認められたらそのときからはよくしてくれると思いますよ」とアドバイスしてくれた。半年くらいで安定期にさしかかるはずだけど、その前は「慣らし」として横柄にふるまうと思う、とも。私がうろたえると、もともとそのレベルの大企業に勤める人たちは下請けに対して強く出るのが仕事だから、こちらはそれなりの我慢をしないといけない、と言った。

そうやって仕事を教えてくれた人は脳に腫瘍が見つかり休職し、また、私の前任者はストレスが原因で視力に異常が見つかり、三ヶ月で退社した。そんな人たちを見てきたから覚悟を決め、ケチをつけられないよう丁寧に仕事をしようと懸命に努力していたときのことだった。大きな失敗をしたわけでもないのに、「頭が悪いようだ」だなんて。人を踏みつぶすような暴言には品性を疑ってしまう。海外出張中だった担当者の都合のいい時間に合わせて夜十一時ごろに電話をしたのだが、その一言で私は完全に打ちのめされ、その日の夜は悲しみにくれて眠ることができなかった。

その担当者が憎くないと言ったら嘘になる。それからというもの連絡を取るとき、きまって頭がずっしりと重くなった。こんなに無礼きわまりない傍若無人な相手に、しかもこんなに上下関係がはっきりしている相手に何ができるというのか。たとえ何かしたとしても、相手はびくともしないはず。何もすることができないという事実に私は苦しんだ。そして、担当者は「慣らし」をしようと攻撃的な物言いをしては私を萎縮させ、いくらなんでも一方的すぎると思っていると、人の前で私を大げさに褒めるのだった。私はだんだんペットの犬のように機嫌をうかがうようになった。その人が私を褒めてくれた日は一日中うれしくて、怒られれば長いあいだ憂鬱な気分になり、落ち込んだ。

その人から言われた数々の言葉がいつも陰のようについて回っていたある日、ファンである法輪《ポムニュン》和尚《おしょう》〔『幸せな通勤』が日本でも翻訳刊行され、ファンは多い〕の講演を聞きに行った。会場で一人の女子学生が法輪和尚に悩み相談をした。「和尚さん、私は過去に人から傷つけられたことが忘れられないんです。高校生のとき学校でいじめにあっていました。私は何も悪いことをしていないのに悪口を言われて、相手は男子生徒だったので殴られるかと思うと言い返すこともできませんでした。一年も経ったのに忘れることができなくて、苦しいんです」。自分のことのようで胸が痛んだ。すると、和尚さんはこう尋ねた。「道を歩いているとき、誰かが突然あなたになにかを渡し、去っていきました。プレゼントかと思って開けてみたらゴミだった。あなたならどうされますか?」女子学生は「そのままゴミ箱に捨てます」と言った。

すると和尚さんは、「悪い言葉は、言葉のゴミです。言葉はすべて同じものではなく、その中にはゴミがあるということです。さて、あなたがじっとしていたとき、その人はゴミを投げてきました。ならばゴミだということがわかったときに、その場でゴミ箱にポイッと捨ててしまえばいいんです。しかし、あなたはそのゴミを拾って、一年もの間それを持ち歩き、そのゴミ袋をしょっちゅう開けるんですよ。『あなたはどうして私にゴミをくれたの』と言いながらそれを握りしめているんですよ。その人はもうそのゴミを捨てて去ってしまったのに。だからあなたももう、捨ててしまいなさい」と言った。

いっぺんに捨てることは難しかったけれど、私がもらった言葉のゴミを捨てようと努力した。何よりそれほど価値を感じられない人が、私の感情を支配しているということがとても不快だった。「あなたはゴミをくれたけれど、私はもらわなかった。それはあなたのもので、私のものではない」と考えようと努力した。その人と一緒に仕事をしていた事実はどうしようもないけれど、振り回されないようにしようと心の中でけじめをつけるようにした。すると、その人の言葉に一喜一憂する感情が薄れ始めてきた。相手が私を批判しようと褒めようと、それは私のことではないと考えたらそんなに傷つくこともなくなってきた。その人がどんなことを言おうと特に動揺することもなく、「はい、わかりました」とくるっと踵《きびす》を返して、忘れた。

私たちは、インターネットを接続するWi-Fiのように、見えないところでエネルギーや気力を与えたりもらったりしている。私のそんな姿に担当者は当惑しながらも、侮れないと思い始めてくれたようだった。認められることばかり願っていた状態から抜け出すと、逆に担当者は私に一目置き、尊重してくれるようになった。これまで担当者が知るところの隷属的な下請けならば、そんな「慣らし」に当惑しながら望む姿に変わろうとしただろうけれど、私はそんな人間ではなかった。そして時間が経つにつれ、私たちは完全でないながらもパートナーとして仕事をする間柄に落ち着いた。担当者は私と会社にとても満足してくれ、これからも取引を続けたいと言った。そのようにして二年が過ぎ、私たちは互いに感謝しながらすがすがしい気持ちで取引を終えた。私はいま、その人のことを思い返してもどんな感情も湧いてこない。

日常生活でゴミをポイッと投げつけては去っていく人をたまに見かける。笑ったり真顔になったりしながら対応できる場合もあるだろうが、どうすることもできずに無気力になってしまうこともあるだろう。上下関係において自分が下だったり、とうてい話の通じない相手のとき、私たちは傷ついた心を抱いたままいじいじと思い悩んでしまう。手をこまねいて「あんなふうに、こんなふうに言えばよかったのに……」としきりに後悔したりもする。そのように苦々しい思いをしている人に、こうすすめたい。再利用もできないゴミは、泣きながら抱えているのではなく、思いきってゴミ箱に捨ててしまいなさい。

泣かされてばかりの人とサヨナラする

学年が上がりクラス替えをするたび、新しい友達をつくらなければならないことに不安を通り越し恐怖感まで覚えていた。程度の違いこそあれ、誰でもこのような気持ちになったことがあるのではないだろうか。仲良しグループに属していたいがためにどれほどのうそをついただろう。子どものころの私は友達がすべてで、日々の喜びや悲しみはほとんど彼女たちからもたらされた。小学校のときはひとりずつ順番に仲間はずれにしたりもし、グループから追い出されないようどれほど努力したかわからない。

マスコミの影響で「生涯の友」という言葉の呪縛から逃れられずにいて、どんな状況でも関係を維持することが「義理」だと思っていた。しかし、だんだん関心事も変わり、会っても思い出話しかせず、深い話をすることもなくなってくる。帰途につくときはいつも物足りなく感じながらも、家に着くとカカオトークでこんなメッセージを送るのだ。「今日、すごく楽しかった。また会おうね」

恋愛も同じだった。この人のせいで辛いんだとわかっていても、「こんなに長くつき合ったんだから」、「寂しく思う自分が自分勝手なだけだ」と思い込んでは、ずるずるとつき合った。しかし、世の中にはストローを差して吸い込むように、エネルギーを奪っていく人がいる。いわゆる「自己肯定感どろぼう」たちだ。

人は人といることでもっともっと大きくなることもある。

私の好きなものを一緒に見てくれる人がいる、それだけで私はどんなに運転してもいいや、貯金など全部なくなってもいいや、そんな気持ちになるのだった。

よしもとばななの小説『海のふた』に出てくる一節だ。私は最初の文章を変えてみた。「人は人といることでもっともっと小さくなることもある。」人との関係が良好なら自己肯定感は高まり、なんでもできるような気分になるものだが、悪い関係においては萎縮してしまい気持ちも小さくなる。過去に戻ることができるなら、そういう人たちとずるずるつき合っていた自分にこう言いたい。「その人と別れなさい。すぐに別れるのが難しければ、いったん距離を置きなさい」

望ましい関係でないことに気づきながらも別れることができず、そのせいで自己肯定感が低くなっていき、しまいには別れることさえ思いつかなくなる人々をこれまでたくさん見てきた。歳を重ねるごとに、両親、友達、恋人、上司という順に自分を振り回す人は変わっていく。その時々の関係性において主導権を握ったことがないと、成長する過程で振り回されてばかりだ。それが会うたびに害をもたらす自己肯定感どろぼうたち。それは、いったいどんな人たちなのだろう。

まず、感情のはけ口に利用してくる人。両親と子どもや、特に感情的に深い結びつきのある母親と娘がこのような関係に陥ることが多い。常に夫を批判し夫とけんかをするたびに娘に夫の悪口を言い、娘を感情のはけ口として利用する母親をたくさん見てきた。子どもが話を聞きたくないというそぶりを見せると、「あの人と一緒ね」、「自分勝手だ」と非難したりもする。子どもは両親の感情のはけ口になるために生まれてきたのではない。そのような両親のもとで育ってしまったら、幼いうちは仕方がないとしても成人したらできるだけ早く独立すべきだ。そうしなければ人質に取られたかのような精神的束縛を受け、自分の望む人生を生きていくことはできないだろう。友達や恋人でも、いつも愚痴ばかりでこちらの言うことに耳を貸さず、自分のことばかり話す人がいる。何か理由があって一時的にそうなのでなくいつもそうであるならば、できるだけ離れたほうがいい。そういう人たちは成熟した人でない。自分の不幸にばかり埋没し、あなたを尊重する余力がないのだ。

二つめに、何かにつけて「わたしって、こういう人なんだ」と言う人とも、長くつき合うと不協和音を起こしてしまう。関係性というのは、最初から誰かが我慢するのではなく、お互いが望むことを与え、与えられることで成り立つ。当然合わない部分も出てくるし、葛藤も生じるだろう。人との関係は、よいときではなくよくないときに本来の姿を現すものだ。お互いの利害関係が一致しないとき、「わたしって、こういう人なの」と言う人は自己中心的で共感する能力に乏しく、人に被害を与える。この言葉には「だから、あなたが一歩譲りなさい」という意味が隠されている。人と関係を築くためには互いが努力しなければならないとわかっている人なら、こんなことは言わないだろう。また、自分はこういう人間だと断言する人は、権力関係において自分が優位だということを知っているだけに、これを悪用する。

三つめに、「わたしって、あと腐れないタイプなんだ」、「わたしは四次元空間を生きてるから」と言う人も気をつけよう。そのような人はたいてい思いつくそばから口を開く。悪びれることなく人に指摘ばかりし、非難する。これが「正直な意志表示」だと思っているのだ。周囲の人がそんな人に「マナー違反だ」と言わないのは、上っ面の関係性だからではない。人間関係においてはお互いが超えてはいけない一線があり、それが相手に対する礼儀だということを知っているから気を遣うのだ。彼らは自分に甘く人には厳しいという二面性を持つことが多く、周囲にストレスを与える。しょっちゅう人を批判しながらも自分が受ける非難には怒り、理性を失う。そんな人がそばにいたらいつも指摘ばかりされ、自己肯定感が低くなり、言うべきことも言えず悔しさだけが積もっていく。

大人になってよかったと思うことの中に、友達に執着しなくなる、嫌な人と一緒にいる時間が減る、ということがある。いい人に出会って深い関係を築くこともできるし、よくない関係の中でも自分がどんな姿を見せるのかを観察してみると、幸せは関係性の量ではなく、質が決めるということがわかる。深みある関係とは一緒に過ごす時間と比例しているわけではない。もう私は人間関係において無理することはない。長いつき合いであっても会うことが億劫になってきたら当分のあいだ距離を置くし、きついことばかり言い、何度指摘してもエスカレートするなら関係を断っている。そのようにしていい人ばかりをなるべくそばに置くよう努力していたら、知らず知らずのうちにそんな人ばかりが集まってきた。自分ですべての関係を変えることができると思ったら、いつも努力できるようになった。

詩人、チョン・ヒョンジョン氏の「訪問客」という詩には、このような節がある。

人が来るということは
実は、ものものしいことなのだ。
彼は、
彼の過去と、
現在と、
彼の未来と一緒に来るからである。

私たちは関係するすべての人から影響を受け、その影響を次の人に与えていく。人が人に与える影響とは実にものものしい。だからこそ宝石箱に選んだ宝石を並べるように、極めて慎重でなければいけない。私は人に泣かされてばかりの友人を見ると、近寄ってこんなふうに言いたい。「あんな人よりあなた自身のほうがもっと大切なのよ。泣かされてばかりの人ではなくて、一緒に笑うことのできる人に出会いなさい」

家政婦になるために結婚したんじゃない

「けんかをしても、腹の立つことがあっても、夫の朝ごはんは必ず用意します」。結婚式場で新婦が誓いのことばを朗読していた。人々は笑いながら手をたたいたが、私は頭の中にいろんな疑問が湧き起こり顔がこわばってしまった。「共働きをしているのに、どうして女性だけが夫の朝ごはんを用意しなければいけないの？」、「どうして何が何でも最優先すべきことがごはんを出すことなわけ？」新郎はそんな誓いを立てていないというのに。

私の知るその新婦は、善良でやさしい人。わかっている。彼女はただ愛する夫に尽くしたいという純粋な気持ちを表現したのだろう。私は以前から彼女の夫を知っていたが、その言葉を聞いてパッと笑顔を見せた彼も、特に亭主関白の人ではない。同じ空間でうなずいていた新郎新婦の両親も、手をたたく参列者も「善良な心」で温かくとらえただろう。みんなそうしているから、円満で仲睦まじい家庭はみんなそうだから。

しかし、「地獄へ向かう道は、善意に満ちている」という言葉のように、日常で起こる不条理はほとんどがこうなのだ。平凡な人たちが他の人を見習い、よかれと思って人を差別し、偏見を持ち、悪習を繰り返すのだ。家庭内暴力のような犯罪は、被害者と加害者がはっきりしていて問題意識を共有しやすいため、社会が一緒に解決方法を探し出してくれることが多い。しかし、男女差別のようなものは、伝統だから、儀礼だからという建前のもと、弱者の犠牲と平凡な人たちの傍観を餌に、日常に深く緻密に根を張るのだ。

「スーパーリアリズムウェブ漫画」という別名を持つ『ミョヌラギ（嫁期）』は、結婚したばかりの主人公ミン・サリンの視点で、夫のム・グヨンと夫の実家を背景に起こる日常を描く。すべての登場人物は互いに気を配り、それぞれの場所で最善をつくしている。はたから見ると何の問題もなさそうな家庭だが、よく見てみると不合理があちこちカビのように生えている。

嫁のミン・サリンは冷たいご飯や残ったご飯を仕方なく平らげ、義理の母からは、出張に行くなんて、息子の朝ご飯はどうするのと尋ねられる。祭祀のとき男たちはリビングで酒を飲んでいるのに、自分は支度で常に台所から離れることができない。義理の母はミン・サリンが嫌いなわけではなく、自分もそうやって生きてきたからこの光景は当たり前だと思っている。また、夫のム・グヨンは、円満な家庭を演出することで両親にとって理想の姿を見せようとし、そのためには妻が犠牲になることは仕方がないと思っている韓国の「平凡な」男であるだけだ。『ミョヌラギ』はこのような現象が問題だと主張したり、善と悪を対比させて悪を批判しているわけではない。どこにでもあるありふれた日常をサッと切り取って見せているだけだ。そう、家庭の中に蔓延する差別の問題は、この世のシステムの中で自分の「役割」に忠実だった人々がつくりだした悲劇だから、それだけで十分なのである。

読者はミン・サリンの日常に自分の姿を見てどこがおかしいのかを探し出し、これは何かが違うと声を上げ始めている。ただ生きるだけでなく、よりよい人生を生きていくためには、「もともとそうだから」という人々に疑問を投げかけなければいけないと悟ったからだ。

「旦那さんにきちんと朝ごはん用意してる?」といったことを聞かれたら、まずはにこりと笑おう。その人の意図はわかる。悪気があって聞いているわけではない。前提そのものが間違っているということを知らないその人を攻撃したくはない。でもこの質問に答えなかったり、期待に応えようとして「はい」と言ったりすると、その人はほかの人にも同じ質問をするだろう。だから私はこのように答えている。

「私は家政婦になるために結婚したわけではありません。そして夫も、朝ごはんのためだけに私と結婚したわけではないと思いますよ」

自己肯定感を高めるセックス

「初体験」をテーマにセックスに関する記事を書いたことがある。少し変だと思ったのは、取材で会った女性の大多数が初体験にあまりよくない記憶をもっていることだった。彼女たちのほとんどは、「もう絶対にその人とはしない」、「雰囲気に流されてしたりしない」、「酔った勢いでしない」と言った。

女性は初体験のとき、雰囲気に流されて恋人に「NO」と言うことができず、応じてしまうことが多い。そのため、自己肯定感を高めるためのよい経験とならず、むしろ自分を傷つけることになっているようだ。アメリカのペンシルベニア州立大のエヴァ・レフコウィッツ博士は、二十代前後の男性は初めての性体験によって外見に自信を持つことができるけれど、同年齢の女性の場合、初体験のあと自身の外見に対する満足度が落ちたという研究結果を発表した。

ニューヨークのユニオン神学校のヒョンギョン教授は、大学生のときにつきあっていたボーイフレンドが体の関係を求めてきたため性について勉強をしてみた。彼女は、「自分が望んだから」、「自ら進んで」、「愛する人と」、「お互いの同意のもと」などの主体的な規範のもと、完璧に準備が整ったと思うことができたからセックスをした。そのようにして初めての体験をした男性と結婚をしたのだが、夫は結婚前に自分とセックスをしたことに対し、貞操観念がない女だと非難し始めた。これに対し、彼女は著書『未来からきた手紙』の中でこう書いている。

もし、私が彼の論理に押し流されセックスをしたならば、腹が立ってブルブル震えただろうが、彼が何と言おうと自分が決めたことだし、そこに彼は立ち入ることができない。私自身が最善をつくして下した決定だから。

さらにヒョンギョン教授は大学のときにその選択をしたことが、人生におけるよい見本になったと言っている。困難な決断をしなければならないとき、そのときの勇気ある経験を思い出しながら力を得たというのだ。

そのように、セックスは自己肯定感の問題とも深く関わっており、その決定がその後の人生に大きな影響を与えることもある。断ったら相手ががっかりしてしまうのではと不安になり、心の準備が整っていないのにセックスに応じてしまう女性がいまでも多くいるようだ。けれど、自分の体のことさえ自身の判断で決定できないのに、いったい何を自分の力で決められるだろう。相手の要求に応えるがまま初めての経験をしてしまうと、その後もセックスに対して、「飽きられないだろうか」、「簡単な女だと思われないだろうか」と、受け身の姿勢になってしまいがちだ。特に女性はセックスに関し、自身の感覚を充分に表現しない傾向がある。しかし、セックスのあと充足感を得られないなら、そのセックスは相手が自身の欲望にだけ充実だったのだということになる。

「前のボーイフレンドはセックスのとき、私が痛いと言うと『ちょっと我慢しろよ』と言ったけれど、いまのボーイフレンドは私が痛いと言ったら『痛かったらやめよう』って抱きしめてくれたんです。こんなふうにいたわってくれた人は初めてです」と言った人がいた。彼女は自分を大切にしてくれる今のボーイフレンドと出会い、自己肯定感が高まったとのことだ。女性たちはセックスに関する限り自分勝手に行動する必要がある。コンドームをしなければセックスしない、心の準備が整わないときはしないと意志を明確に伝えよう。もし、それで男性側があなたを非難したり理解してくれないのなら、その恋愛はやめてしまうといい。そんな人にあなたの愛情を注ぐ価値はないのだから。

第3章

自己表現の筋肉を育てる方法

人生はポジティブに、ムチャなことはきっぱり断る！

「きみと僕とでツインルームにすればいいじゃないか。もちろんベッドは別々でさ」。ロンドンから出発したバスがスコットランドのエディンバラに到着するころ、宿はどこにしたのかという私の質問に対し、同行していた男性が言った。ふざけるにもほどがある。

大学時代、初めての海外旅行先としてロンドンを選んだ。いちどは必ず海外に行ってみたくてお金をためてはみたものの、一時間三五〇〇ウォンにしかならないアルバイトでは生活費の足しにもならず、日々の暮らしさえ精一杯だった。あきらめかけていたとき語学留学中だった先輩が、ロンドンに来たらうちで寝泊まりしてもいいよと言ってくれた。いくら宿泊費が惜しいからといって甘えてしまっていいのだろうか。「本気じゃないのでは？　失礼にならないかな」と考えなくもなかったが、あえて目をつむった。恥じらいや礼儀のようなものは経済的余裕から生まれるのだろう。

大学三年生の夏休み、格安の往復航空券を買い、残った百万ウォン程度を持ってロンドンに向かった。食事がスコーンだけでも、無料の美術館を中心に観てまわっても、とにかく幸せだった。先輩の部屋の隣に留学中の韓国人男性が住んでいたのだが、体格がいいからか、ちょっと動いただけで汗をダラダラ流していた。彼がロンドン以外はどこに行くのかと尋ねてきたので、二週間後に開かれるスコットランドのエディンバラ・フェスティバルに行くつもりだと答えた。すると彼は、自分もそこに行くつもりだったととても喜んだ。ついでだからバスと宿泊先を一緒に予約するよと、精算は後でいいよと言うものだから、ありがたく受け入れた。そのようにして出発したバスの中で、彼が同じ部屋に泊まるつもりだと言ったのだ。前もって聞いていれば自分で予約をしたのにと言い返すと彼は、ベッドは別々なのに何が問題なんだと悪びれることなく言い放ち、イギリスの女性だったら特に気にしないことだと、私のことを神経質な女だとあしらった。

今ならギャフンと言わせるような一言を投げつけられるだろうが、そのときは「それなら、ここで帰ります」とだけ言い、引き返した。バスを降りてすぐ宿泊先を探したが、フェスティバルの真っ最中で空室はなく、十か所以上の宿を訪問してみたが、すべて徒労に終わった。

「やっぱりそうなんだ。ことが上手くいくと思いきや、私という人間は結局そうなってしまうんだ。大邱《テグ》の田舎娘が外国に一度行ってみたいだなんて身の丈に合わないことを願うから、きっとこれはその代償なんだ」と、泣きながら道を歩いた。しかし、ここまで来たからには泣いてばかりいられない。

一度フェスティバルの会場に行き、フリンジ公演〔本公演でない、周辺の自主的な公演〕を見て、エディンバラ城を見物したあと、夕方になったので駅に向かった。野宿するつもりだった。野宿しながら読もうと思っていた本を取り出すと、近づいてきた女性二人に声をかけられた。「あの……、韓国人ですよね」。私が持っている本を見て韓国人であることがわかったと言い、道を尋ねられたので教えてあげた。二人はお礼を言い、私にどこに泊まっているのかと尋ねた。一泊二日で来たのだけれど、予約上のトラブルで今日は駅で寝ようと思うと言ったところ、自分たちの宿泊先は三人部屋なのだが、ベッドが一つ空いているからタダで泊まらせてあげると驚きの提案をしてくれた。なんてこと！　私にこんなラッキーなことはあり得ない。分不相応の海外旅行に来たらこのザマで、もともとツイていない人間だし……。でも、いまよりもっと悪くなることなんてないのでは？

悩んだ末について行った宿泊先は清潔で広かった。汗にまみれた体を洗い流してシャワールームから出てくると、二人はワインとチーズを並べてくれた。二人とも三十代前半でソウルの広告会社で働いていて、休暇を利用しての旅行とのことだった。その日私はこの初めて会った人たちに、家族にもできないような話をした。駅で野宿をしようとした理由に始まり、もともと不幸に慣れてしまっていること、プライドは高いのに自分を責めてばかりで人間関係がうまくいかないということ、大学を卒業したら何か文章を書くことがしたいけれど、たぶん無理だろうというような話をとりとめもなく話した。

この日、二人が私にしてくれた話は忘れることができない。二十代前半の大学生にとって三十代前半の社会人女性は立派な大人で、その日の夜は私が聞きたかったことを二人は存分に話してくれた。「あなたはいま、勇気ある旅行をしているのよ」、「すごいじゃない」、「あなたならできる」というような温かな励まし。そのとき私の中で、失いかけた火種のようなものが再び燃えるのを感じた。その日の夜は、胸が騒いで眠ることができなかった。夜が明けて朝になり、韓国では人目を気にしてカーディガンなしでは着ることができなかったノースリーブのワンピースを着てみた。二人の電話番号を記したメモをバッグに入れ、宿を出た。「二人の言ったことが間違っていなかったということを証明しなくちゃ」、「私はもしかしたらラッキーな人間なのかもしれない」。こんなふうに、韓国では考えもしなかったことにまで思いを巡らせた。

もしあのとき、バスの中で断りきれず、「きっと大丈夫」と彼についていったらどうなっていただろう？　おそらく、こんな幸運には巡りあえなかっただろう。もし何か間違いが起こってしまったとしたら、「どうしてそんな男を信じてついて行ったんだ」と非難されただろう。その日から私は以前とは違う私になった。ときには一人旅もし、新しいものを目にしたらまずはチャレンジしてみようと思える人間になった。そのように冒険を楽しみながら掲げた私だけのスローガンはこれだ。「人生そのものはポジティブに、ムチャなことはきっぱりと断る！」

心の領域に踏み込んでくる人の対処法

心理学用語に「パーソナルスペース」という言葉がある。個人が快適に過ごすために必要な空間を意味するが、人が適切だと思う距離は国によって違うそうだ。例えば日本は一・〇一メートル、アメリカは八九センチほどだという。アメリカ人よりも日本人のほうが距離は必要だと思う傾向にあるようだが、韓国人はおそらくアメリカ人よりも日本人に近いだろう。エレベーターの中で見知らぬ人の近くに立つとき居心地が悪い理由も、地下鉄で座席が空くとなるべく離れて座ろうとするのも、このパーソナルスペースを守ろうという本能からくるものだ。

文化人類学者のエドワード・ホールは、「パーソナルスペースというものは単なる物理的な距離を意味するのではない。心の距離だ」としている。なじみが薄い人とは一定の距離を置きその日の天気について話題にする程度だが、親しい人とは近くに座って少し深い話まですることができる。これは、心のパーソナルスペースが異なるためである。きちんとこの感覚を持っている人は、他人に接したときに関係の親密度によって適切な距離を保とうとし、円滑な人間関係を築くことができる。一方でこの感覚がない人は、たびたび干渉が過ぎる発言をしたり、親密度にそぐわない質問をして周囲に不快な思いをさせたりする。

同じ質問でも、誰がどんなニュアンスで発するかによって、返す答えは変わる。適切な距離を置かずにパッと近づいて来て質問を浴びせかける人に対しては、それに合った対処法をもって話すべきだ。自分のパーソナルスペースを守りながら、できる限り後味が悪くなるのを避けつつ対話を終わらせなければならない。その方法をいくつか紹介してみようと思う。

まず、意図が理解できない質問を投げかけられたときは、生半可に答えてしまわない方がいい。そんなに親しくない人や上司から突然「最近、忙しいの?」と質問されたときは、「あ、課長のほうがお忙しそうですよね。最近、いかがですか?」というように答えてみるのだ。すると、やっと相手は自分が質問した意図を話し始めることになる。単純に最近のことを聞きたいだけなのか、仕事を頼みたいためなのかを聞いたあとに自分の状況を話しても遅くはない。経験上、親しくない友人から突然SNSでそのような連絡がきたときは、たいてい結婚式の招待状を配りたいからだった。そんなときは、「そっちは最近どうなの? 元気?」と質問を返し、質問の意図を把握したあとに、「おめでとう。でも最近忙しくて結婚式には行けそうにないな」というように返信すればよい。

質問者の意図はすぐわかったけれど答えるのが不快な場合は、はぐらかしてみることも一つの方法だ。例えば、「君はフェミニストだよね？」と質問されたら、「はい」「いいえ」のような答えは返さず、「フェミニストって、正確にはどういう意味でしょうね」または、「どうしてそう思うんですか？」と聞いてみるといい。ここで大切なのは、不快に思わせないことだ。そうすれば相手は「女性優越主義者をフェミニストっていうんじゃない？」、「君がさっき言ってたのを聞くと……」というように、いったん説明をしてみるものの、論理が貧弱であることがわかり急に話題を変えたりする。

相手の意図がわからなかったり答えるのがためらわれたり論争が予想される質問は、まずは聞いておくだけという方法もある。どのみちすべての人と討論はできないのだから。「パク・クネ前大統領についてどう思う？」、「最低賃金が上がることについてどう思う？」といった質問をそんなに親しくない人にされたときは会話のボールを相手に投げてしまおう。こんなときは相手が自分に教え諭してあげようとしている場合が多いので、「そのあたりのことは今まであまり考えたことがありません」と、自分の胸のうちを明かさずに話を終わらせるのが得策だ。

このように私的な領域にずかずかと足を踏み込んでくる人は、たいていがあなたのことをよく知らず、通りすぎて去っていく人々。仕方なく同じ空間で顔をつき合わせなければならない状況であっても、あなたの深い感情まで共有してもらう必要のない人々だ。そんな人をあなたの空間へ招き入れる必要はない。人によってパーソナルスペースの感覚は違うため、相手の気持ちを無視して自分にはその資格があると勘違いし、パッと侵入してくる人がいる。そんな人たちに振り回されることなく自分のペースで関係を築こうとするなら、あなたなりの対処法が必要だ。平静を保ちながら、自分の空間を守り続けることはやさしいことではないが、それだけ価値あることでもある。これは結果的に「自分を守る方法」とも関係しているから。

平気で予約をキャンセルする人には

『わたしは地方大学の非常勤講師』、『代理社会』等の著書がある作家のキム・ミンソプ氏は、執筆以外に運転代行もしながら生計を立てているが、こんなことがあったそうだ。呼び出しの連絡がきてお客さんに連絡し、十分くらいで到着すると伝えた。お客さんは、わかりましたと答えた。約束通り駆けつけ何度も電話をしたが、相手はとうとう電話に出なかった。キム・ミンソプ氏は指定の場所で二十分ほど待ち、家に帰ったという。ここまではよくあるエピソードだが、私が印象に残ったのは、そのあとのキム・ミンソプ氏の対応だった。彼は自身のSNSにこのように書いた。

こんなときはいつも「どちらにいらっしゃいますか?」と連絡をし、あちこち走り回ったのち依頼をキャンセル扱いしてすぐ忘れてしまうが、今日はそうしたくなかった。だからお客さんにメッセージを送った。「帰られたということで依頼をキャンセルしますね。でも実際に私はあなたのために依頼場所まで向かいました。この時点で一人の労働が発生しているのです。それなのに今回のように連絡が途絶えることはあまりに卑怯な行為です。」お客さんがこのメッセージを見るかどうかわからない。ただ、明日の朝起きたとき、これを見て少しは恥ずかしく感じてくれればと思う。

何らかの事情が生じてキャンセルすることはあるかもしれないが、それを前もって知らせないのは相手の時間と他の依頼の可能性を奪い、別の人がサービスを利用する機会を奪うことだ。相手が感じるストレスを少しでも想像できる人なら、決してできない行動だろう。このように予約をしながらキャンセルの連絡をせず、ついに現れない客を「ノショ(No-Show)」と言う。現代経済研究院の報告書によると二〇一六年に、飲食店、高速バス等のサービス業で予約をしたにもかかわらず現れない顧客は二〇%にのぼるという。同年のノショによる被害総額は約四兆五億ウォンにも及ぶ。予約は相手との約束であるのに、韓国ではひときわこの「約束」に対する認識が不足している。予約をしても現れない韓国人のため、海外では韓国人の予約だけ受けないところもあるほどだ。

近ごろ、サービス業では事前の決済システムや予約金の制度を取り入れ、ノショを防ぐ試みがなされている。一週間前のキャンセルなら全額を返金するが、連絡なく現れない場合はペナルティーを科すというものだ。ノショをする人に金銭的なペナルティーや次の予約時に不利益を与え、誰かに迷惑をかけたら自身も相応の処遇を受けなければならないという事実をつきつけることは、とても肯定的な効果をもたらす。実際、ペナルティー制度を開始した韓国国内の航空会社は、施行前に比べ、ノショの顧客が三分の二以上減ったという。

このように日常生活において人としての礼儀を欠いた人に遭遇したとき、「それは問題ある行動ですよ」、「迷惑です」といったように警告することが自然と広がっていけば、人々の認識も変わっていくのではないだろうか。それらの行動を黙って見過ごしていると、「他のところはできるのに、どうしてここはできないの?」と言う顧客と同じように、「他の人はOKって言うのに、どうしてあんただけうるさく言うわけ?」と言う人も減らないだろう。キム・ミンソプ氏がそうしたように、一方的な相手にはその行為を恥ずかしいと感じさせるよう、毅然とした態度で臨んだほうがいい。

自分を褒めてあげる

『SHOW ME THE MONEY 6』〔韓国のヒップホップブームの火付け役となった勝ち抜き式のオーディション番組〕が終了した。こういった勝ち抜き式の番組はそんなに好きではなかったがこれにはハマってしまい、シーズン1から6まで欠かさず観た。特にヒップホップ・ミュージシャン特有の振舞いが気に入ってさらに夢中になった。正直に自分のことを話すところや、「オレが一番だ」と虚勢を張るところもまた、おもしろい。

他のオーディション番組は、きまって応募者が審査員の前でこうべを垂れ、審査員が発する言葉にうなずくばかりだった。審査員たちは宣告する医師や、刑を言い渡す裁判官のようであり、見ていて痛々しかった。また、できないことばかりを指摘したり、個性ある人に恥をかかせたりするのも好きではなかった。しかし、『SHOW ME THE MONEY』では、応募者の振舞いがやや横柄とも感じられるほどとてもしっかりしていた。審査結果が気に入らなければ、どうしてだと言い返したり、自分よりうまい奴はいないと断言したりするところを見ていると、初めは何を根拠にそう言えるのかとあきれてしまったが、観るにつれそのような堂々とした態度に引きつけられるようになった。「実るほど頭《こうべ》を垂れる稲穂かな」というが、それは実ったあとのことである。私たちは実る前にこうべを垂れてしまっていないだろうか。

ヒップホップはもともと実っていない人たちがあげた悲鳴だった。実りもしない前に簡単に稲穂をへし折るこの世への抵抗だ。巨大な携帯用ラジオを肩にかつぎ、街を練り歩きながら声をあげたのがヒップホップの起源である。アメリカのハーレムに住む黒人やスパニッシュ系の若者が、楽器を買うお金がないため既存のレコードをミックスさせて音楽をつくった。人種差別が激しく、夜になるとレイシスト〔人種差別主義者〕たちが銃を撃ち、「(肌が黒くて) 夜だと暗くて見えないからわからなかったんだよ」とうそぶいたりもするのだが、黒人たちがそれに対抗して「ここには人がいる」と声をあげたのがラップの始まりである。

虚勢とは、存在感のない人が発明したものとも言える。貧しくて自分を守ってくれる所持品が少ない黒人たちは、自身の存在を積極的に証明していかなければならない。多くのラッパーが名前の前に付けたり別名として使うMCとは、「マイクコントローラー」の略語であり、「マイクの支配者〔パーティーなどの盛り上げ役、司会者、ラップを職業とする人など〕という意味である。クラウン、ドクター、キング、ジーニアスのような言葉は、自身を過信することで生き残ることができたヒップホップ精神に由来する。

ヒップホップのファッションも貧しい人々から生まれたものだ。スニーカーやTシャツ、パンツをすべてひと回り大きいものにするヒップホップのファッションは、ハーレムに住む貧しい黒人たちが体にピッタリの服を着ることができなかったことが発端だ。貧しい人々は、いちど服を買ったらできるだけ長く着ないといけないため、背が高くなったり太ったりすることに備え、体に合わない大きな服を買ったのだ。しかし、これが文化となり、ヒップホップのファッションはいまクールな自己表現の方法として認知されている。

貧しさと満たされない思いがあっても、信念をもち、どのように人に見せるかによって偉大さに変えることができる。多くの芸術家が芸を極めていく過程もこれに似ている。韓国のように、お互いが存在感をなくすことに懸命になったり、権威的な場所であったりするほどこのヒップホップ精神が必要なのではないだろうか。人からの評価を言葉通り飲み込むことなく、権威をそのまま受け入れず自らをリスペクトすること。そうすれば誰かが「黙っていろ」と言ったとしても、抵抗する人が増えてくるのではないだろうか。

はっきりしているのは、世間が自分をどう考えるかなのではなく、自分が自分をどう考えるかが大切ということだ。黒人作家、ジェームズ・アラン・マクファーソンの著書『行動半径』にはこのような一節が登場する。

「僕のお父さんと、ニューヨークに住む上のお兄さんが言いました。何でもいい、何かを得ようとするなら、自分で自分を褒める方法を身につけなければいけない、と」

「それはどうして？　リオン」先生はあきれ顔で尋ねた。

「なぜならばですね」その小さな少年は前に身をのりだしながら言った。「なぜなら、自分で自分を褒めなければ、誰も私を褒めてくれないからです」

きっぱりとしなやかに断る練習

夫はよくやさしそうだと言われる。その見た目のせいで、しょっちゅう頼まれごとをされてしまう。卒業してからずいぶん経つのに、毎年選出される学生会の代表からの電話で、ホームページをチェックしてほしいと言われたりする。企画案や提案書を確認、修正してほしいというような依頼は枚挙にいとまがない。執筆とはまったく関係のない仕事をしているにもかかわらず、自身の書いた文章を読んでほしいと頼んでくる人までいた。頼まれごとのために、夫は本来自分がすべきことを後回しにしたり、徹夜してまで取り組んだりしている。

このように、よく頼まれごとをされる人は、「君は本当にいい人だよ」、「やっぱり君しかいない」と言われなくなることを恐れたり、相手をがっかりさせたくないため自らを酷使してまでエネルギーを費やす。しかし、人間関係において重要なことは、重要度に見合った時間とエネルギーをどうやりくりするかということだ。失礼な頼み方をされたのなら、きっぱりと断るのがよいだろうが、ときに微妙な状況になったりもする。その人との関係は維持したいけれど、頼まれごとを聞き入れるには能力や状況が追いつかないとき、そんなときはできるだけ相手に不快な思いをさせることなく断る方法を探してみよう。

頼まれごとをうまく断るには、まず相手からの連絡を快く受けることが肝心だ。そして、「あなたからの依頼を引き受けてあげたいけれども、状況的にそれができない」というメッセージをそれとなく伝えるのだ。連絡がきたそばから気乗りしないそぶりを見せるのでなく、まずは快く受け入れつつ、依頼の内容とスケジュールをよく聞いたあと、「いい機会を与えてくれてありがとう」、「大切なことのために私を思い出してくれてうれしい」と、感謝の気持ちを述べてみよう。そうすれば、断られた相手も不快な思いをしないはずだ。

そのあとすぐに可能かどうか答えるのでなく、「いつまでに返事をすればいい？」と尋ねてみることをおすすめする。もし、こう尋ねたときに、急ぐから今日明日中に答えがほしいと言われたら、最初からあなたに依頼しようとしたのではないかもしれない。他の人にも依頼をしたけれど断られたから回りに回ってあなたのところに話が来たという可能性が高いので、そこまで申し訳なく感じることなく、「最近忙しくて取り組むのが難しい」とすぐに断ってもかまわない。そんなにまで急ぐのであれば、相手も無理なお願いだということはわかっているのだし、だめな可能性が高いとわかっているので、断っても大してがっかりしないだろう。そこまで切羽詰まった状況であるなら、むしろ時間を稼いだあとに断る方がもっとこじれてしまうかもしれない。相手から「あなたがしてくれると思って進めていたのに、ここにきてダメって言われて、どうしたらいいの?」と言われ、罪悪感にさいなまれ、断れなくなる状況に陥りかねない。

最終的な返事をするまでに少し時間が必要なら、まずスケジュールを確認してから折り返し連絡すると言って電話を切ろう。一、二日ほど考えてみてやっぱり無理だと思ったら、こちらから連絡して、依頼を受けられるかどうかできる限り前向きに考えてみたけれど、「家庭の事情で」もしくは「会社の仕事に追われて」難しいと告げてみよう。まずそう言ってみて、もし謝礼やスケジュールなどに見直しの余地がありそうなら意見してみてもいい。そうすれば相手は提示した条件をできる限り受け入れようとするだろうし、まったくスケジュールが合わない場合は、その仕事ができそうな人を紹介してあげるのも一つの方法だ。

嫌われたくなくて、できないと言ったら離れていってしまうのではと不安で無理な要求を聞いてしまう関係が固定化すると、ますます不協和音が生じてしまう。偏った関係性を手に入れた相手は、無理な要求だと知りながらも依頼をやめなくなるし、依頼を受ける人は、認められたいというゆがんだ希望と被害者意識が混ざり合い、イライラしたり意気消沈したりする。頼まれごとをするときは、あくまでも自分のマインドが前向きで余裕のあるときでなければならない。礼儀をつくして断ったのに、しきりに自分の苦境を訴えたり、非難してくるような人からは、離れたほうがいい。

いい人とも言われたいし、一方でうまく断りたいというのは単なるわがままだ。二つのうち一つはあきらめることをおすすめする。あなたに頼まれごとを断る自由があるように、断られた相手があなたにがっかりする自由もある、という事実は受け入れよう。すべての人にとっていい人になろうとすると、すべての人に振りまわされることになってしまうから。

悪質な下ネタ、セクハラ発言への対処法

「カエルが冬眠をするのは変温動物だからだ。人は冬眠しないよね。なぜだと思う？」子どもたちの中を歩きながら説明していた担任の手が、私のＴシャツの中にすべり込んできた。彼はちょうど膨らみはじめた私の胸をまさぐりながら、こんなふうに人の体は外部の気温とは関係なくいつも温かいんだと言った。なぜ私に？　恥ずかしくて仕方がなかった。小学校四年生のときのことで、その担任は定年退職を一年後に控えた男性だった。二十年も前のことなのに、いまでもセクハラという言葉を聞くとそのときの出来事が鮮明に思い出される。

その後もセクハラにあうことは何度かあった。高校のときは私の耳たぶを揉んでは近くに唇をもってきてささやくような先生もいたし、大学時代のアルバイト先では先輩たちが私に彼氏

とのことを根掘り葉掘り聞いてきて困り果てたこともある。力関係が下であればあるほど、年齢が若ければ若いほどセクハラを受けやすいことからみても、セクハラを受ける経験は男性に対して女性の方が圧倒的に多い。

二〇一七年、アメリカで、有名な映画プロデューサーであるハーヴェイ・ワインスタインの性的スキャンダルがきっかけとなり #Me Too 運動が起こった。性的要求に応じれば雇用条件を有利にすると言われたという被害女性の証言もあった。セクハラの中でも特にこのような上下関係が深く関わる職場内のセクハラは、被害者がセクハラにあったとしても解決策を見つけ出すことが難しい場合が多い。雇用労働部〔日本の厚生労働省の労働関係部門にあたる〕によると、職場内でセクハラにあったと届けられた件数は増加傾向にあり、二〇一二年に二六三件だったのが、二〇一六年には五五六件と二倍を超えた。おそらく届け出されない実際の件数はもっと多いのではないだろうか。

二〇一七年に報告された東部グループの会長秘書に対するセクハラ事件などのように、深刻なレベルの性犯罪に対する法的な対処法はあるが、それとは少し離れ、日常的に遭遇するレベルのセクハラに対し、どのようにすれば私たちがモンスターを放し飼いせずにいられるか、セクハラにあったらどのように対処するべきかについてここで伝えておきたい。

セクハラにあったときに、まずしなければならないことは、「考えすぎかな」、「この人はそんな人ではない」という考えを捨てること。大したことではないと思うと、抵抗したり不快感を表すことが難しくなってしまう。そうすると、加害者でなく被害者である自分を責めてしまう状況に陥っていく。二〇一五年に女性家族部〔女性政策等を推進する韓国の政府機関〕が職場内のセクハラ実態を調査したが、セクハラにあった人の中で七八・四%が特段の対処を施さず、がまんしてやりすごしたと回答した。「大きな問題だと思わなかった（四八・七%）」が最も多い理由で、「届け出ても解決しそうになくて（四八・二%）」が次に続いた。

セクハラにあったと実感しながらも、大きな問題だと思わなかったとは、おかしくないだろうか？　さらに重大な問題は、そう思い込んでしまう人が増えれば増えるほど、セクハラ加害者の中に「そっちが考えすぎなんだ」と開き直る輩《やから》が後を絶たないことだ。「不快だ」という感情はもともと主観的なものだから、自身の感情を信じていい。他人が認めたり認めなかったりする類のものではないのだ。

二つめに、笑わないこと。真顔で拒否するのが難しくても、笑うことだけはしてはいけない。多くの女性はセクハラにあったとき、あまりに混乱し、瞬間的に笑ってしまったりするものだ。断るときでさえ、きつく聞こえてしまうのではと弱々しく笑ってしまったり、カカオトークなどのSNSでセクハラ的メッセージを受け取ったときも、返信で「（笑）」のような表現を使ってしまったりする。加害者はこの反応を悪用し、相手も自分に好感があるのだと思い込んだり、強い抵抗の意志がなかったという証拠に使ったりする。

また、しょっちゅうセクハラ的な発言をする人の中には、まわりの人たちが困り果てて笑うのを見て、自分にはユーモアセンスがあると錯覚する人が多い。自分なりの軽妙な「下ネタ」なんだと思い込んでいるので、過ちを自覚することができない。初めから重度のセクハラを仕掛ける人は多くない。くだらない冗談を言ってはだんだんエスカレートし、相手がそこまで拒否しなければ勝手に肯定的な解釈をし、決定的な過ちを犯すのだ。だから、隙を与えてはいけない。私はメッセンジャーのグループトークや、SNSの個人的なやりとりで思いがけず性的な写真や画像を受け取ってしまったら、読んでもあえて返答しない。あとでその人と話をする機会があってもそれに関わる話は決して話題にしない。以前、私も下ネタ的な冗談を言ってしまったことがあるが、後輩が笑っていなかったので二度と同じような冗談を言うのはやめた。相手に不快な言葉にはあいまいに対応するよりも、かたくなに「スルー」すると効果がある。相手にそれを気づかせるようにしよう。

それから、異常を察知したら二人きりでいるのを避けるべきだ。また、やむをえない事情でコミュニケーションを取らなければならない状況の場合は、できる限りすべてのことを文章でやりとりしよう。対話をするときは録音をするのもよい。被害者は「今回は大丈夫だろう」、「それほど悪い人でないはず」、「そこだけ我慢すればいい人」と思い込んでしまいがちだ。これは暴力的な夫を持つ妻の心理状態とも似ている。自分自身の意志にも裏切られてきたのに、なぜ他人を信じられよう。正常な関係であるならそんな考えは起こらないはずで、このように悩むこと自体、関係が健全ではないことを証明している。セクハラ的な発言を浴びせられたら、状況に応じて「もしかして、私が娘のようだからそうおっしゃるんですか？　でも、私の父はそんなこと言いませんけれど」、「先ほどおっしゃったことを録音してインターネットにアップしたら、すぐ有名になられるでしょうね」、「最近、そういう発言は大きな問題になるんですよ」というように、冗談のようでありながらもきっぱりと、それが問題になりうるということを警告するのもよいだろう。

韓国でセクハラが犯罪だという事実が認められたのは、一九九三年の「ソウル大学、シン教授のセクハラ事件」以来だ。当時、ソウル大学のとある研究室で契約職として働いていたウ助教は上司であるシン教授から不適切な性的発言を浴びせられ、身体を触られることを強要された。ウ助教がこれに抗議すると、シン教授は約束に反して再雇用の推薦をしなかった。するとウ助教はシン教授とソウル大学の総長、そして国家を相手取り、裁判所に損害賠償請求を申し立てた。韓国民友会付属性暴力相談所の関係者は、「シン教授の事件は性暴力でなく『性的いやがらせ』という概念を、法的に導入するきっかけになった」と言った。当時は「性的いやがらせ」という単語の意味も明確でなく、海外から取り入れた「セクシャルハラスメント」という概念を参考に研究したという。

韓国社会に「性的いやがらせ」という概念もなかった一九九二年以前にはセクハラがなかったのだろうか？　決してそんなことはない。私が幼かったころも「家庭内暴力」という概念はなく、夫婦間で起こる暴行は法的な処罰を与えないというのが社会的な認識だった。「デートDV」という言葉も最近聞かれるようになった。当然のことだと思われ、もみ消されていた出来事が「問題」としてあちこちから湧き上がってきたのだ。「考えすぎだ」と言われてきた人々が積極的に不快感を示すことで世間の意識も変わり、そのおかげで被害にあっても我慢してきた人々が声をあげられるようになった。

セクハラ問題は、成立の要件自体が被害者中心主義であり、被害者がどのように感じるかを重要視する。違和感を覚えたとしたら、大したことではないと思い込むことだけはやめよう。我慢して目をそらしてばかりいたら問題は再発し、状況はさらに悪くなる一方だ。ここで大切なのは、自らの感情を信じること、そして毅然とした態度を取ることである。

専門家たちは、セクハラは最初の対処方法が重要だと強調する。直接不快感を表すことが難しくても、なるべく感情を表現できるよう、いろんな方法を試してみるようにと働きかけている。幼い子どもがぐずるのを親が諭すように、自覚して自らやめるまでじっと待ち、それでもやめなければ毅然とした態度でやめなさいと伝えなければならない。それでもまったくやめなければ、さっと踵《きびす》を返して席をはずしてしまうのがよい。これが日常でよく起こるセクハラに対してとることができる、基本的な対処法である。

思いきって傷つこう

実社会で女性とほとんどコミュニケーションを取らず、インターネットの世界に登場する女性の話しかわからない知人男性がいる。彼のもつ女性のイメージは、「男性に依存し、わがまま」。だからどうしても韓国人女性とつき合うことに抵抗があると言い、一方で「俺よりイケてない男にもみんな彼女がいるのに、どうして俺には彼女ができないんだ。韓国の女はマジでおかしいよ」と憤慨したりしている。

初めて海外旅行に行ったときのことを思い出す。国によって文化がまるで違い、驚いた。帰国してからずっとその違いについて考えていた。すると、韓国にはない外国のよいところ、そして韓国の悪いところだけが際立って見えた。時が過ぎ、さらにいろんな国に行ってみて、数日の観光でなく一か月程度の旅行などをして経験を積むと、韓国との共通点も見え始めた。普遍的なことを探し出すと、外国人に対する過度な憧れも、韓国に対してすべて否定的になってしまう心理も、少しずつ薄らいできた。視野を広げてみると、どこも似通っているということがわかったのだ。

人に対する基準があまりに高いのは乏しい経験によって一部分の姿にだけ目が行き、偏見にとらわれているからだ。多少の違いはあっても私たちは交通事故にあうことがあるように、誰でもひとり分ずつの不運を背負う。けれども、ずいぶん時間が経っても傷跡にだけ目がいき、自分を哀れに思い、人を恨むことから脱出できない人もいる。愛や理想に対して警戒してしまうのは、また同じように傷つきたくないから、傷つくことを恐れるからなのだろう。しかし、期待が大きくなればなるほど、失望も大きくなってしまうことは明らかだ。

映画『きっと、星のせいじゃない』〔二〇一四年のアメリカ映画〕で主人公のオーガスタスは、不治の病に苦しむガールフレンドについて、「傷つくか傷つかないかは選ぶことができないけれど、傷をだれから受けるかは選ぶことができますよ。私は自分で選択するのが好きです。彼女もそう考えられるといいのですが」と言った。彼のように少し余裕を持ちながら、傷つくことに対してもっと勇敢になれるといい。自分が傷つけられることを許せる相手に出会うことは本当に素晴らしいことだし、傷つくことから何かを学び取った人だけが、より素敵な人になれるから。

フリをすると本当になる

「悲しいから泣くのではなく、泣くから悲しい」という心理学者ジェームズランゲ説理論を現代に応用して研究しているハーバード大学経営大学院のエイミー・カディは、著書『〈パワーポーズ〉が最高の自分を創る』（石垣賀子訳、早川書房）の中で「心が身体を変えるように、身体が心を変えることができる」と主張している。

この本の中で紹介されている代表的な不安症状の一つに「インポスター現象」というものがある。自分が本来持つ能力は取るに足らないと思い込み、その事実が他人に知られるのではないかと恐れることを意味する。アカデミー賞受賞者でハーバード大学の卒業生であるナタリー・ポートマンは、卒業式の演説でこう話した。

「いま、私は、一九九九年に新入生としてこのキャンパスに来たときと同じような気持ちを感じています。当時、私は何かの間違いでここにいるんじゃないか、自分はここにいるほかのみんなほど賢くないのに、と感じていました。そして何か言うたびに、自分はバカな女優ではないと証明しなくてはと思っていたのです」

このようなインポスター現象に苦しむ人は、自分を卑下したり、分不相応のことをしていると考えたり、詐欺を働いているような気持ちになったりしてしまうものだ。エイミー教授によると、このようなインポスター現象に苦しむ人は私たちの周囲に意外とたくさんいて、社会的に成功したと思われている人ほど、そして人からすごい人だと見える人ほど、自分のふがいなさがばれてしまうのではないかと悩んでいるという。

そんな自身の考えを変えたいならば、姿勢から変えるべきだとエイミー教授は助言する。「プレゼンス」は、通常「存在感」と解釈されるが、彼女は「自分の真の気持ちや考え、価値、可能性に耳を傾け、自然にそれを表現できている状態」とし、さらに積極的な意味をつけ加えている。人から自信に満ちあふれて見えるよう行動していると、人からそう見られるだけでなく、ある瞬間自らも自信に満ちあふれてくるというのだ。

姿勢としぐさ、表情と習慣的行動が心持ちを決めるという著者の考えは、実験を通じて裏づけられている。広い空間を使って脚を思いきり伸ばす大胆な姿勢をとる被試験者たちは、縮こまったり、丸くなったりと無気力な姿勢をとるグループに比べホルモンの数値に相当な差があった。積極的な姿勢をとっていたグループは、決断力と関連ある男性ホルモンのテストステロン数値が一九％まで上昇した半面、ストレスを受けたときに分泌されるコルチゾール数値は二五％も減少したという。

身体言語は自分を表現するメッセージとなって他の人に伝わり、自分にも影響を与える。自信がなくて悩んでいるのなら、まず小さい声を少しだけ大きくし、姿勢をピンと伸ばしてみるといい。自分の空間を積極的に確保しようとする姿勢によって自信が湧き、性格が変わることもある。もし自己肯定感を得られず悩んでいるなら、人に信頼されないような身体言語を発していないか点検してみよう。

エイミー教授はプリンストン大学に入学する際、ナタリーのように、ここにいてはいけない人間だと感じたという。しかし、そう思ってはいないかのように行動していたら、そのような考えに慣れていったという。私もたびたびそんな経験をした。自分を「価値ある人間だ」と信じ行動すれば、人々もそのように見てくれるのだ。自分が価値ある人間だと思い続ければ、ある瞬間本当にそう信じられるときがくるものだ。

第4章

いい人をやめる

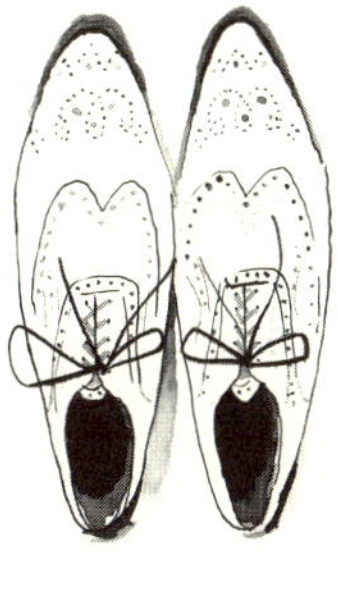

パワハラの連鎖を断ち切るためには

パワハラの新しい局面を見た。国会議員のキム・ムソン氏が見せた「ノールックパス」の一件だ。彼が海外から帰国したソウルの空港で、職員に向けてスーツケースを転がす映像は、非常に大きな話題になった。その職員が彼に向けて一礼をするのだが、キム議員はそちらへ視線を向けることもなく、スーツケースだけを放ったのだ。多くのカメラが待ち構える中で少しでも印象よく振舞おうとしているとも思えないほど、彼にとってはこれが当たり前のことであるらしい。実際、後日この一連の騒ぎの釈明をという声に対しても「どこが問題なんだ。忙しいのにこんなことを持ち出して……」と応酬した。

そのときの映像が検索ワードの上位に並んで騒ぎになっていたのは、おそらく下げていた頭を上げると同時に、慌ててスーツケースを受け取った職員の姿に、私たちがよく知る「侮蔑感」を重ねたからだろう。国語辞典でその意味を調べると、「侮られたり軽んじられたときに感じる恥ずかしい感情」とある。キム・チャンホ教授の著書『侮蔑感』を見ると、自身に対する物足りなさや空虚感を埋めるため、韓国人が最もよくとる方法の一つが他人を侮蔑することだといっている。序列をつくり、他の誰かを無視することで自分の存在を確認するのだ。私はキム・ムソン氏のスーツケース映像を何度も繰り返し再生した。すると少し悲しみが湧いてくる。その職員の姿に、忘れていたはずの、侮辱を受けたときの記憶がよみがえってきたからだ。

私は何を間違ったのだろうと、まるで習慣のように考えふける夜があった。とぼとぼと自宅に戻り靴を脱いでも、外で浴びた否定的な言葉は消えることなく部屋の中までついてくる。大学時代、生活費を稼ぐために週末は映画館、居酒屋、ファミレスなどでアルバイトをした。私にとって緊張する場所は、お客さんにとってサービスを受け、ストレスを解消する場所だった。気配りと笑顔を絶えず求められることに疲れ、辞めたいと思うことが何度もあった。アルバイトのときに邪魔になる自己肯定感を、小さくたたんで家に置いていったこともある。あまりにそうしていたものだから、必要なときにすらそれをうまく取り出せなくなってしまった。

「頭が悪いから、こんなところで働いてるんでしょ」というセリフをお客さんは何も考えずに言ってくる。彼らだけではない。そこらじゅうからそんなおかしなセリフが聞こえてくる。

大学の時につき合っていた年上の彼は「おまえは、女なのに気が強すぎる」と言った。講義中、「女子は自分勝手だから、企業は好まない」などという教授もいた。体の大きい後輩の女の子がスカートをはいてきた日、男の先輩はニヤニヤと笑いながら「うわっ、お前勇気あるな!」と言った。このように、偏見に満ちた言葉、高圧的な言葉、暴力的な言葉によって、私はどんどん委縮していった。もちろん、それらの中には悪意のない冗談もあったかもしれないが、だからと言ってその言葉が相手を傷つけないわけではない。

年を重ねるたびに、私は他者からの失礼な言葉には、しっかりと立ち向かわなければならないと思うようになった。この無礼な人たちは、相手が黙っているとそこから勇気をもらい、また次にも同じような行動をとる。そして、次に出会った人にも同じことを繰り返す。こちらはそんな言葉に反撃できないことに敗北感をため込み、そうして積もった挫折感は私よりも弱い人に出会ったときに表に出てきてしまう。パワハラの連鎖だ。

誰に対しても親切にするのは簡単なことではないと、ある企業が証明している。「セクハラや暴言をはく顧客には二度の警告を行なったのち、改善されなければ当方職員が先に電話を切ってもよい」。これは、二〇一二年に現代《ヒョンデ》カードがコールセンターの職員に対して示した指針だ。二〇一六年からはセクハラと暴言に加え、人格を冒涜《ぼうとく》したり脅威を感じさせる発言に対しても同様とした。この「エンディングポリシー」を施行した結果、職員の離職率が大幅に下がった。この指針は暴言をはく顧客にも影響を与えた。電話相談を中断すると警告しただけでも、驚いて態度を改める人が多かったという。

無礼な人も、もともとそうだったわけではない。人はそのときの役割によって服装を替える。ただ、いつしかそれを忘れてしまう。会社の社長が家にいるときや友人に会うときでさえも、社長のように振舞う姿をよく見かける。年をとり、社会的地位があがると自身の振舞いを制止する人が少なくなっていき、自分は正しいという気持ちが生まれてくるのだろう。その中で、無礼さは制御できずどんどん膨れ上がる。風船のように大きくなった無礼さをもって自分の位置も浮かび上がり、他者はみな自分の足元にいるということになるのだ。

「カプチル（パワハラ）」、「ケジョシ（犬おやじ）」（目下の人に傍若無人な中年男性）という韓国語が輸出される時代だ。イギリスのメディア「インディペンデント」は、この表現を説明し「カプチル」は韓国の慢性的な問題だと指摘した。パワハラの継承は私たちの世代で終わらせなければいけない。そのためには、社会的にお互いにパワハラを制止できる雰囲気をつくっていく必要がある。誰しもが意思をしっかり表現することを奨励されたとき、平等で自由な文化が私たちの遺産として残っていくだろう。耐えることが美徳だという時代は終わったのだ。

「堂々としている」という言葉にひそむ女性への偏見

一六五センチ、七七キロ。身長が高く、痩せてさえいればモデルになれるという社会的偏見を打ち破り、プラスサイズモデルとして活動するキム・ジヤンさんの体型だ。まさに「堂々とした」という表現が思い浮かぶ。「堂々と」ステージに上がり、「堂々と」ポーズをとり、「堂々と」かっこよく自己表現をしている、などと言われる。「堂々とした」の意味は辞書をひくと、「人前に立てるほど十分に、姿や態度が潔いさま」とある。ただ、それとは矛盾するが、女性が「私は堂々としているの！」と言うのを聞くと、何かを釈明するようなニュアンスを感じてしまう。

ここには本来、体格の大きな女の子は堂々とすべきではないのに、堂々としているからすごいし、周囲も驚くというニュアンスが込められている気がする。女性が女性をうらやみ、憧れるという意味の「ガールクラッシュ」という言葉があるが、そこにも「堂々とした」というニュアンスがその根底にある。特に女性に対して用いられ、自己表現を積極的に行ない、自信にあふれているように見える女性を称賛する言葉ではあるが、一方で同じような男性に対して「堂々とした」と表現しているのを一度も見たことがない。「堂々とした男子」と検索してみても、「浮気をしても堂々としている男」のような例がほとんどだ。男性が自信を持ち、自己表現を積極的にすると「男らしい」、「カリスマ性がある」とは言われても、「堂々としている」とは言われない。なぜか。男性が堂々としているのは当然のことだからである。

このように女性に対する無意識的な偏見があるため、女性は行動を制約させられることになる。アメリカではあるとき、俳優の出演料について男女間の格差が大きな話題になった。女優ジェニファー・ローレンスは「なぜ私は男性の共演者よりも報酬が少ないのか」とコラムを書き、ハリウッドの出演料決定にまつわる慣習を批判した。彼女は文中で、男性陣は自分の価値を強調して良い条件で契約を結んだが、私は無礼な人と思われることを心配し自己主張できなかったことを後悔していると語った。そのコラムはこのような内容だった。

私は気難しいとか、無礼な人だと思われたくなかった。こういう態度は何年かかってでも直したいと思っていた。データを見ると、こういう問題に直面した女性は私ひとりではないらしい。女性がどういうふうに振舞うのかは社会的に決まっていることなの？　男性を「不快に」したり、「怖がら」せない形でしか意見を言えない慣習がまだ残っているの？（中略）どのように伝えれば自分の意見が反映されるだろうかと、一緒に働く男性陣が、私のように悩み、無駄な時間を使う姿を見たことがない。彼らが荒っぽい態度で交渉したとしても、戦略的だとみんな称賛するに違いない。無礼だと思われてしまうのではと心配し、私は自分の正当な評価をもらえなかったのに、だ。

これは映画界に限らず、一般企業でも同じだ。同じ批判を女性が言うだけで「感情的だ」、「礼儀を知らない」というレッテルを貼られてしまう。そんな先輩の姿を見た後輩の女性たちはできる限り自己表現を控えようとし、前に出られなくなる。仕事ができ、積極的な女性は「気が強い」と言われ、「気が強い女」は「堂々とした女」と同じ意味で使われる。「気が強い」という言葉は男性には使われず、女性に対してのみついてまわるおかしな表現だ。

そのゆがんだ意味を感じてからというもの、誰かが私に「堂々としている」と言うと不快に思うようになった。以前から、結婚式に参列するたび、新婦がまるで罪を犯したかのように終始頭を下げていることに違和感があったので、私は自分の結婚式では顔を上げて招待客一人ひとりと目を合わせながら微笑んでいた。招待客の前で結婚の誓約文を読み上げるときも、「夫に仕え」、「食事を準備し」などという前時代的な表現は使わなかった。そうしたら結婚式後、母の友人はみな「新婦はどうしてあんなに堂々としているの？」と驚いていたという。予想はしていたが、実際にそういう話を聞くと、従来の考えというのはそう簡単には変わらないんだと実感した。

女性は話そうとする内容よりもどう伝えるかを悩み、そこに多くの時間を費やす。その果てに話すこと自体をあきらめてしまうことも多い。失礼だと思われるおそれのある意思をそのまま伝えると相手に嫌われてしまうかもしれないと思うからだ。そんな心配をする女性たちに、みんなで共に強くなろうと伝えたい。女性が日常でも堂々としていることが、男性がそうであるように当たり前のことになれば、いつかはこの言葉もなくなる日が来るのではないだろうか。「堂々としている」という言葉が複雑なニュアンスの褒め言葉として使われない世界で過ごしてみたいものだ。

体が訴える心の不調

「募集人数に限りがあり、ご一緒できないことを残念に思います。またの機会にお会いできるようお祈り申し上げます」

礼儀正しいが気分の悪い文章を前に、どうしていいのかわからなかった。カーテンを閉め、ベッドに横たわり布団にもぐった。ランチを食べたばかりだったが、とにかく眠りたかった。ふと気がつき、携帯を手にすると四時間ほど経っていた。携帯を置き、もう一度眠る。二時間近く眠って起き、また眠りに誘われさらに三〜四時間眠った。そのまま一晩中、寝て起きてを繰り返した。

一日に十四時間以上寝て過ごし、そうやって一週間ほど経ってようやく回復してきた。たまっていた用事を一つずつ片づけ、深く長い眠りから抜け出した。なぜそんなにも眠りたかったのだろう。あの陰鬱な時間は、長い間私のなかでミステリーとして記憶に残り続けた。

そのときのことを思い出したのは、友人とおしゃべりをする中で、とある話を聞いた直後だった。

「最近、寝過ぎてしまうから何かの病気かと思って病院に行ったら、先生がこう言うの。『何かつらいことでもあるんでしょう。現実逃避をしたいのかな』って。思わず泣きそうになっちゃった」

ということは、私があのときとにかく眠りたかったのも、目を開けたくなくて眠ろうとしていたのも、もしかしたら……?

「ストレスは万病のもと」という言葉にはあまりピンとこなかったが、「心が疲れてたくさん眠ってしまう」ということにはとても共感できた。考えてみると、昔は体について考えたこともなかった。二十代のときに体について考えたことといえば、「芸能人みたいに痩せられたらいいな」といったことくらいで、「体調管理」はダイエットと同じ意味だった。何かあれば、私の心は体を通じてずっと訴えていたのに、私は単純な体の異常と決めつけ、見逃していたのではないだろうか。体調管理とは、心のチェックとも関係していたというのに。

体が何かを訴えていたときのことを考えた。二十代初めのころ、食べものをとめどなく口に入れていたことがある。とぼとぼと家路につくある日は、ピザにフライドチキン、ラーメンが無性に食べたくなった。これらの油っぽい食べ物を食べると、炭酸飲料が飲みたくなる。コンビニで大量にお菓子を買い込み、お腹がはちきれんばかりに食べては戻してしまうこともあった。それが摂食障害の一種だと知ったのは後になってからだった。

自分がまるでジャングルのちっぽけな草食動物のように感じられた就活生だったころ、「完璧主義者」といわれるほど計画を立てるのが好きだったし、すべてのことを自分の意志のままにコントロールしたかった。後になって心理学の本で、そういう強迫観念が摂食障害につながる場合が多いと知った。体に対する間違った認識だけでなく、寂しさや現実に対する不満もまた摂食障害につながりやすいということも。心を満たせていないので、せめて口を満たしておきたいということだったんだろう。

長い間ストレスを受けていると、健康に害を及ぼすホルモンの攻撃を受けることになる。そのため、不安や恐怖のせいで免疫が低下すると、体がストレスを減らそうと現実逃避する防御作用を働かせるのだ。脳がストレスに反応すると、内臓も同じ信号を受け取る。大きなストレスを抱えた人はそうでない人に比べ、腹痛を起こす可能性が三倍にもなるという研究結果もある。

腹痛や排便障害、かゆみ、暴食や過食、頭痛、不安症、睡眠障害など、以前にはなかった体の異常を感じたときには自分の心を一度チェックしてみたほうがいい。単純に体調管理をしていなかったために出てきた症状ではないこともあるから。私は「精神力で体の不調を克服する」という考えが好きではない。体の不調は克服の対象ではなく、何の影響によるものかを見ていくことが大切。自分の心と体は、戦って勝たなければならない競争相手ではなく、かばいあい、ともに歩んでいく友達のような関係であるはずだ。

摂食障害を克服したという人の多くは、その秘訣として心理的な理由をあげる。「自分を褒める日記を書くことから」、「愛と心の安定を与えてくれる恋人に会うことから」、「家族の関心と思いやりを受け止めることから」などだ。無気力になった日常に耐え、もう一度再起する力を得るには、自分は理解されているという感覚を得ること。自分はこの世で意味のある人間だと思える関係性の中で、認められることだけだ。心のバランスが崩れたとき、体はエラーメッセージを発し、しばし私たちを停止させる。そのとき心をしっかりのぞいてみることは、体を注意深く理解することと同じだといえるかもしれない。心の問題に気づき寄り添えたとき、おのずと体のバランスもとれていくだろう。

次女が恋愛に失敗しがちな理由

一年間、とある週刊誌に恋愛相談のコラムを執筆していたことがある。大学生がメールで恋愛に関する悩みを送り、私がそれに対して助言するというものだった。幸せになりたくて恋愛をするのに、恋愛をすればするほど不幸になったり、縮こまってしまうことがある。私にメールを送ってくる女性のほとんどがそんな状況だった。一方で、男の子の質問はほとんどが同じ内容だった。「どうやったら恋愛ができますか?」

不幸な恋愛に悩む女性の話をメールで読んだり、直接会って話をしたりしながら、私はおかしな共通点をひとつ見つけた。束縛してくる男から離れられない女、暴力的で権威主義的な男に振り回される女、善良な女コンプレックス〔甲斐甲斐しい女性にならなければと強迫観念に捕らわれる心理状態〕を利用される女など、つらい恋愛を繰り返す女性のほとんどが、成長期に家族から十分な愛情を注がれていない経験を持っているということだった。彼女たちは、家族の中で長子や末っ子ばかりに親の関心が集中し、自分には関心を持ってもらえなかったと話し、自己肯定感が低く、同世代よりも早く恋愛に関心を持つ傾向があった。そういった人には、姉がいて、弟がいる、いわば両者にはさまれた次女が特に多い。私は不思議だった。破滅的な恋愛を繰り返すことと、成長過程の愛情の欠乏とに、何の因果関係があるのだろうか。

生まれた順序によって植えつけられる心理を研究する家族心理専門家のケビン・リーマンによると、二番目や三番目などの中間に生まれた子は、「疎外感」、「無視された感覚」を他の兄弟よりも感じやすいという。両親は長子には妊娠前から大きな関心を持ってときめきと期待の中で育てるが、二番目からはそうとはいえない。しかし、末っ子にはまた別の愛情を見せるが、二番目はそれをも期待できないのだ。家族のアルバムに二番目が一人で写っている写真は、他の兄弟に比べてどんなに少ないかを見ればわかる。

私も次女だ。男児を望む傾向が強い大邱の出身で、男児を切実に願っていた母は私を産んだ後、数日間泣いたと聞く。自然な状態で、男児が女児よりも五%程度多く生まれる。新生児の男女比を見ると、女児一〇〇人に対して男児一〇三〜一〇七人程度が通常だそうだが、私が生まれた一九八六年は、女児一〇〇人に対して男児一一一・七人だった。当時、不法な人工中絶が横行し出したため女児だという理由で「消されてしまう」胎児が多かったのだ。

一歳上の姉には長子としての威厳があり、五歳下の弟には貴重な息子としての独特な存在感があった。姉や弟とは違い、私には生まれて百日のお祝いや一歳の誕生日の写真がないという事実、お正月にはいつも大人たちは、姉にはお姉ちゃんだからと一万ウォンを渡し、弟には男の子だからとやはり一万ウォンを渡し、私には五千ウォンしか与えなかったこと。上と下で比べられながら起こった様々な出来事が、自らを「大切な存在じゃない」と思わせていくのだ。

そうして私は家族から逃げた。家族は私に限りない愛情を与えてくれて認めてくれるような場所ではなかったから、私自身を愛してくれる友人や恋人に執着した。中学生のときに初めて恋をして以来、いつも恋愛は順調ではなかった。相手に不誠実な対応をされても責められなかったし、不当な扱いを受けているとわかっていても耐えていた。自分が望まない状況だとしても、拒絶すると相手が失望するかもしれないと思い、こちらが合わせていたことも多かった。愛されることで存在意義を証明しようとし、努力しなければ愛されないんだと思っていた。

次女に限らずとも、愛情を受けずに育った子どもは、自らが愛情を受けるべき存在だという事実を信じることができない。だから相手にわずかな好意を見せられるだけで、恋に落ちてしまう。自分が特別な存在だと感じたことがないために甘い言葉で近づいてくる人に騙されやすい。自分が幸せを享受し、愛される価値がある人間だということがわからず、むしろ不幸の世界に慣れていて、そこから抜け出すことすら考えられない。「私を本当に愛しているの？」と疑い、執着し、相手を試そうとする。空気を読む習慣が身につき、関係に問題が生じても相手を気遣うばかりで決断できないこともある。そして悲劇のヒロインのように振舞ってしまうのだ。

私はコラムの中で、昔の自分と重なるような女の子たちに、その状況から抜け出したときの経験をもとにアドバイスした。

まず一つめ、自分をかわいそうだと思うことから抜け出すこと。あなたが自身をそう思えば思うほど、あなたをぞんざいに扱う人が増えていく。「私の人生はもともと不幸だから」と言うのもやめること。

二つめ、普段からノーと言うことを、小さなことから少しずつ実践してみること。拒否することもパワーがいるので最初は難しいかもしれないけれど、小さなことからやってみると慣れていく。そうすると、意外と何ら問題ないということがわかると思う。特に、本当にあなたを愛している男ならあなたがノーと言っても、離れたりはしないはず。

三つめ、私は愛される価値があるんだと信じること。自己肯定感が低いと、関係を断つときになっても「このひと以外に私を愛してくれる人がいるんだろうか……」とずるずる引きずってしまう。普段から小さな達成感を得ていき、すべてを尊重してくれる人が近くにいてくれれば、人間関係において無理しがちな習慣を捨てることができるはず。

大切なのは、これらがかなわないと思ってもあきらめてはいけないということ。ゆっくりとチャレンジすることを繰り返せば、あるとき自分の変化を発見できるだろう。

いい人にはならない

「犬っていうのは病気になったら必要とされなくなると考えるので、主人の前では具合が悪いことを隠すんですよ」

韓国教育放送1の『この世に悪い犬はいない』という番組で、飼っている犬がフローリングを怖がり歩かずにいて困っているという飼い主のエピソードが紹介された。犬を注意深く観察していた訓練士、カン・ヒョンウクさんがその歩きぶりを見て、後ろ足に問題があるようだと指摘した。すると飼い主は悪びれもせず、「五年前からそうなんです。もともと足をひきずりながら歩く癖がありました」と言った。

しかし、訓練士のすすめにより病院へ行き精密検査をしたところ、膝蓋骨《しつがいこつ》が脱臼していることとがわかり、手術をしないといけないほどよくない状態だった。その犬は痛くて仕方がなく、すべりやすいフローリングを怖がっていたのに、飼い主は単純に歩くのが嫌なのだと信じ込んでいたのである。

「あら、えらいわねえ」犬はいつも飼い主から褒められたがっている。人間の立場からすると犬というのは、決まったところに排便をし、与えたものを何でもよく食べ、決して人に嚙みつかず、飼い主がいなくても家の中をきれいに保って従順に待つペットなのである。こうすれば、犬はえらいと褒められ、おやつももらえるのだ。

人も同じだ。「いい子」は親の言うことをよく聞くことが原則である。食事は与えられたものを何でもよく食べ、友達や兄弟とけんかをせず、ゆずりあい、わがままも言わず泣いてはいけない。そうすれば、素直で手がかからないと両親が褒めてくれる。

だれでも幼いときは、全面的に親に依存している。いい子になって愛され、認められたいと思うのだ。問題は、親になってもその心理に支配されてしまうときに生じる。子どもは両親に喜ばれると同時に、がっかりもさせながら育っていくもので、両親はいつも過度に期待していると、子どもの気持ちとどこか少しずれていくものだ。一人の人間が主体的な存在として成長するためには、このような親との葛藤が必要なのである。けれども、子どもがこの過程において行き過ぎた抑圧を受け、自身の心の声を聞くことができないと、大人になっても相手の言うことをよく聞き、いい人だという評価を受けることに執着するようになってしまう。

人は人生の中で数多く発生する選択肢を前に、どんな形であれ、それに対応しながら成長していく。自身の選択したことに対する責任を取りながら大人になるのだ。しかし、いわゆる「いい子」は、人の視線を気にするため自分が何をしたいのかを忘れてしまう。おとなしいだけのいい人は、人生の選択権を自身に与えることに慣れていないため、自分に関係のあることにすら傍観者の姿勢をとる。進路、就職、結婚のような大切な決断さえもだ。自分がすべてを選択していないので、うまくいかなかったらあっさりとあきらめてしまい、人のせいにばかりしてしまう。これは、主人公でない傍観者として生きているということだ。

いい人、と評価されることにこだわりすぎてしまう人は、自分が心から望むことは何なのかを考えてみる習慣をもつことをすすめたい。周囲にそのような人がいたら「いつもゆずってばかりでなくてもいいんだよ。主張したって嫌われないよ」とアドバイスしてあげてほしい。そんな練習をするときは「少しくらい嫌われてもいいじゃない。すべての人から愛されることはできないんだから」と努めて大胆になる必要がある。いい人になることに執着していてはいけない。

精神的虐待から逃れよう

アメリカのさびれた工業地帯のラストベルト出身、名門イェール・ロー・スクールを卒業、シリコンバレーで開業するJ・D・ヴァンス氏はいわゆる「どぶから生まれた竜」〔韓国の諺〕だ。彼は貧しい地域で、薬物中毒の母親と養育の義務を放棄した父親の間で育った。成長期はずっと、貧困と家庭内暴力、憂鬱と無気力にさいなまれたそうだ。彼は著書『ヒルビリー・エレジー——アメリカの繁栄から取り残された白人たち』〔関根光宏・山田文訳、光文社〕で、未来に対する希望もなく孤立した人々の世界を、自分の人生と照らし合わせて具体的に描いた。

ヴァンス氏は「物質的な貧困よりもっと苦痛だったのは、安心感と帰属意識を得られる対象がないこと、また、目標をもつことのできない精神的な貧困だった」と語る。そして「文化的断絶」と「社会的資本の不在」という現実を打破できたのは「自分で決断することが大切だ」と感じたからだという。ヴァンス氏は著書で以下のように書いている。

自分を過少評価していたと気づくことと努力不足と能力不足とを取りちがえていたと気づくこと。それにはとても大きな意味がある。

だから、白人労働者階層のどこを一番変えたいかと問われるたびに、私はこう答えてきた。「自分の選択なんて意味がないという思い込みを変えたいです」

ヴァンス氏は、無気力になってしまっていた理由を「ほぼ宗教的と言ってもいいほどの冷笑が蔓延していたせい」だとした。私はこの部分を読み、「エネルギー吸血鬼」という言葉を思い浮かべた。エネルギー吸血鬼というのは、相手の素直な心を利用して利益を得ようとする人々や、肉体的、精神的、心理的な方法で相手の気力を奪い、怒りを植えつける存在のことを指す。これと似た表現として、最近の新しい造語に「叩《たた》き」がある。「買い叩く」という意味から派生したこの言葉は、優位な立場に立とうと相手を貶《おとし》めることを意味する。

暴力的かつ権威的な両親は、子どもに「あんたは私がいないと何もできない存在だ」という暗示を与え続け、親に依存する状況をつくりだす。このようなことは恋愛においてもよく起こる。「俺だからこそお前なんかとつき合ってやってるんだ」、「おまえは価値のない人間だ」。こんな言葉を繰り返し、パートナーに暗示をかけようとするのだ。心理学では「ガスライティング（gaslighting）」という用語が使われる。家の中のガス灯をわざと暗くしておき、「どうしてこんなに暗いの？」と聞く妻に、「おまえは神経質だな。どこが暗いんだ」と叱りつけることで、妻が自分の判断に不信感を持つよう仕向けるという逸話から来ている。

このような「叩き」、またはガスライティングは、被害者が自分を信じられなくなり疑念をもつように仕向け、加害者に依存させようとする明らかな精神的虐待である。加害者はこのように被害者をコントロールすることで自分から離れないようにし、正常な人間関係を築くことや社会生活までも困難にさせる。

心理分析学者であるロビン・スターン博士は、ガスライティングの被害者にはだいたい次のような兆候が見られると分析している。一つめに、大げさな謝罪を繰り返すこと。すべての責任と義務を自身に集中させてしまうのだ。二つめに、自ら判断し決定を下すことができないこと。自分に確信が持てないので、周囲の人の決定を待つことになる。三つめに、いつも自分を責めること。自分があまりにも神経質なために相手に悪い影響を与えていると考えてしまう。四つめに、閉鎖的な性格になること。友達や家族にパートナーの行動を隠したり、言い訳をしてばかりいる。また、嘘をつくことをいとわず、心の内をなかなか明かさない。

あなたは、家族や恋人、上司からいつも不当な扱いを受けていないだろうか。責められてばかりで、悲観的なことばかり言われていないだろうか。もし、彼との出来事を堂々と人に話せないなら、彼といると深い井戸の中に閉じ込められているような気分になるなら、そこからは一刻も早く逃げたほうがいい。彼はあなたを無気力にさせ、思い通りに操ろうとしているだけ。すぐに離れることが難しければ、できるだけ距離を置くことから始めてみたらどうだろうか。彼の発する言葉を事実として受け入れないよう、気をつけるように。相手の言葉よりも自身の直感と感情を信じるように。そして同時に自問してみよう。あの人に会う前の自分と今の自分はどう違うか。あの人のそばにいて、自分自身はよくなっているか、もしくはその反対か。

それぞれの傷をいたわりながら生きる

『ライフ・プロジェクト——7万人の一生からわかったこと』〔ヘレン・ピアソン著、大田直子訳、みすず書房〕という本に、達成者と非達成者の違いについての研究結果が書かれている。研究者ピリングは「生まれながらの落後者」である子どもたちの基準を定義した。「ひとり親または子どもが五人以上の家庭で、なおかつ子どもが無料の学校給食または児童手当を受けられるほど世帯所得が低く、なおかつ給湯設備がない家または一室あたりの住人が一・五人より多い家に住んでいる」こと。一方で、「達成者の」子どもたちには、以下のような特徴があった。一つめに、親が子どもの教育に関心を持ち、将来の希望と抱負を持っている。二つめに、就労のチャンスが多い地域に住んでいる傾向がある。これに比べて非達成者は、産業が衰退し、職を見つけるのが困難な地域に住んでいる傾向がある。

ピリングは研究対象者の中から恵まれない環境で育った三八六人の子どもをピックアップし、その後の生活を追跡した結果、きちんとした教育を受けておらず、所得が低く、また職に就いていない人が三〇三人にまで及んだ。

私は希望のない都市の貧しい家庭に生まれた。私が生まれた大邱市は、一人あたりの地域総生産が二十二年間最下位。若年層失業率は常に全国で三位以内に入っている。両親は日々の暮らしに汲汲《きゅうきゅう》としていて私の世話まで焼いていられず、私は小学校のときから新聞配達やビラ配りのアルバイトをした。なぜ貧しい人の周囲には、教育を受けられない、同じような境遇の人ばかりがいるのだろう？　父親、母親、叔父、叔母……、肉親や近い親戚の中には大学を出た人は誰もいなかった。彼らは、教育によってのし上がれるという想像すらできず、わが子が自分たちよりもよい人生を送ることを願いながらも、その手段がわからなかった。幼いころ、私が大人から最もたくさん聞いた言葉は、「マツケムシは松葉を食べなければならない」だった。あきらめる方法から学べ、という意味だ。

貧しくても希望を持てるということを証明したかった。私は文章を書きたかった。逃げるようにソウルに上京し、就職をし、十年近く勤めた。他の人より文化的にはるかに遅れをとっていると思っていたので、就職したばかりのころは常に何かを学んでいた。以前はコストパフォーマンスだけが消費の基準になっていたから趣味趣向というものはなかったが、写真を学び、絵を学び、新しい人と出会い、それまでできなかった経験をした。安定した収入を得られるようになったので、会いたい人がいれば自分から誘うこともできた。そうこうするうちに文化的な蓄積も増え、いわゆる「人脈」と言えるもの、助け合える人もたくさんできた。恋愛をし、たくさんの愛をもらった。これは愛情が欠乏していた私を癒してくれた。小さな達成感を得ていったら、自己肯定感も増してきた。

いま、私は自分の置かれていた境遇から逃げ出せたと思うが、それでもよく悪夢を見ては不安に襲われることがある。過去の無力な自分を思い浮かべるたびに、感情をコントロールできなくなってしまう。以前、母に家を買うつもりだと言ったところ、「ソウルは家が高すぎる。おまえがいくら努力してもどうせ無理だよ」と言われた。私が大学に行きたいと言ったときも、ソウルに行きたいと言ったときも、両親は同じ理屈を私に言った。両親には、望みがかなえられたこと、何かを成し遂げたことがないのだ。そのため、人生において望むことがあれば努力して手に入れなさいと話す代わりに、傷つかないために「あきらめろ」と言うのだ。

傷ついた人、愛されなかった人たちは、他人からは何も問題がないように見えても、それぞれが事情を抱え、自分をなだめながらなんとか生きている。ふと治ったように思えても、突然傷がくすぶり始める。そう考えると私たちの周囲にいる多くの人たちは、心の地獄を克服した生存者なのである。彼らは以前自分がいたところに戻ることを恐れはするものの、今も永遠なる異邦人としてさまよい続けているのである。

私たちは、いわゆる「どぶから生まれた竜」をうらやましいと思うが、実際、そのどぶがどんなところなのかをあまりにも知らない。わからないから、怖がったり知ったふりをしてしまう。しかし人生は、一歩踏み込んだところまで見ることに価値がある。私たちができることは、そのどぶを曖昧な対象とせず、それ自体をよく眺めてみようと努力することだけだ。私はときどき、寂しそうな人を見ると、その人はともかくすると、どぶのような場所で生きてきたのではないかと気になってしまう。そして、近づいて尋ねてみたい衝動に駆られたりもする。「あなたもまだ、悪夢を見る？」と。

ブランドバッグに幸せはついてこない

地方の大学を卒業した年、ソウルの光化門《カンファムン》にある雑誌社に就職した。漢江の景色も、道行く人がとても多いのも新鮮だった。紫雨林《ジャウリム》〔韓国の人気ロックバンド〕が、日々退屈なときは新道林《シンドリム》駅でストリップショーをしようと歌っていた理由がわかった。ここでストリップショーをすれば「ヴィブラニウム・メンタル〔ダイヤモンド以上の硬度を持つという架空の金属のような強いメンタル〕」と認定され、つまりはそれができればなんでもできるということなのだ。ソウルは鼻の中が汚れるということも、地下鉄《チハチョル》がなぜ「地獄鉄《チオクチョル》」といわれるのかもわかった。ソウルの男性特有の「～したの？《ヘンニ》」という優しい言葉遣いをされ、私に魅力があるのかと勘違いしそうになったが、別に気があってそう言っているのではないということも知った。

ソウルでの生活に慣れると私はおかしなことに気づいた。「ソウルのもの」というのはなんだか風合いが違うのだ。自然でありながらも垢抜けていて、その洗練されたスタイルに気後れしてしまった。当時の私は自分に似合うものが何なのかを考えて購入した経験が乏しく趣向というものがなかったのだが、ソウルのものはすべてが弘大《ホンデ》〔アートや音楽の発信地。個性的なショップが多い〕っぽくもあり、カロスキル〔韓国内外のファッションブランドやおしゃれなカフェが並ぶ通り〕らしくもあった。どうしたらそう見えるのだろう？

そうこうしているうちに私は一つのポイントに執着することになった。それがブランドバッグだ。ノームコア〔究極のシンプル〕で洋服を着こなしても、バッグに力を入れればシックに見えるという自分なりの結論を出したのだ。そうだ、ブランド品！　ブランドバッグを買おう。

　当時の私の給料は手取り一六〇万ウォン程度だった。家賃、交通費、食費……、ソウルは息をするだけでもお金がかかるものだ。ブランドバッグを買いたくて、しかし一方ではそんなことを考える自分に嫌気がさし、どんどん幸福感は薄れていった。世間的な名誉や利益ばかり追っている自分の俗物性も認めたくはなかった。何が何でもブランドバッグを買いたいという衝動に駆られるたび、自らを軽蔑するのだった。ものごとがなんだかうまくいかないときは、自分を軽蔑するのが最も簡単な方法だ。

　よく考えてみるとおかしなことだ。買いたい気持ちを押し戻し憎めば憎むほど、頭の中からブランドバッグが離れなくなる。恋は「堕ちる」と言い、賭博は「中毒になる」と言う。捕らわれ、盲目的になった状態を「狂った」と言うのであれば、当時の自分がまさにそうだった。出勤の道すがら、地下鉄アーケードでブランドバッグを物色し、カフェに座り道行く人々をチェックしては、どこのブランドかを言い当てようとした。そして夜になれば、「どうせ私はこの程度のテンジャン女〔ブランド好きで見栄っ張りな韓国女性〕なんだ」と自虐的になった。一年以上そんな生活をしていたらうんざりしてしまい、結局、販売員のお姉さんに「A級品」とすすめられたシャネルの偽物バッグを一〇万ウォンで買った。

それ以降も、ブランドバッグに対する執着は収まるどころかかえって強くなり、ゆがんでいった。人々が私のバッグをジロジロ見ているような気がして、そんなときは自分の不安な心もうわべだけの偽物のように感じられた。地下鉄のアーケードでシャネルのバッグを肩に掛け、ゆらゆらと持ち歩くときはなんだか自暴自棄になり、人に対しても「ふん、あのバッグも偽物に決まってる」と攻撃的になっては、ますます陰鬱な気分になった。それから何か月か後に、一か月分の給料を超えるほどのブランドバッグを買ってしまった。

このとき購入したブランドバッグは確かに高級品だった。けれども、それ以上ではなかった。買う前はこれが手に入れば人生が変わると思っていたが、そんなことは起こるはずがない。ひと月、ふた月、三月と過ぎると、これまで自分がとっていた理性に欠ける行動がなんだったのかわかるようになってきた。私はブランドバッグを買ったのではなく、「ソウルのおしゃれなキャリアウーマンの世界」に足を踏み入れるチケットを買ったのだった。しかし、それは実体のない単なる空想の世界だから、バッグを手に入れたとしても幸せはついてこないのである。

当時私は心細さや愛情の欠如、そして自己肯定感の低さを、消費という最もたやすい方法で埋めたいと思っていたようだ。それだけでも持っていなければ本当に私はどんどん小さくなり、ソウルという別世界で消えてしまいそうだったから。バッグだけでも認められたいと願う軟弱な心をいたわってあげなければと、重い牛皮バッグを肩にかけるたびに考えていた。

最近もたまに憂鬱になると、何かを買いたいという衝動に駆られることがある。屈辱的な思いをする日常でも、ショッピングをすれば消費者としておもてなしや称賛を存分に受けることができるから。そんなときは、自分がそういう状態であるということに気づくだけでもいい。カードを財布から取りだす前に、まず自分をトントンと軽く叩いてあげるのだ。「あなた、最近けっこう辛いんじゃない？」というふうに。

大丈夫？と自分に問いかけてみる

自分に質問してばかりいた。「私はどんな人間なんだろう？」、「何がしたいんだろう？」、「私はなぜこのように生まれ、生きているのか？」というように。岐路に立たされることが多く、これまでと違う道を生きたければ、自分に対してこのような質問を繰り返さなければならなかった。人々は、何か行動を起こすときは確信が必要だと思っているが、実際のところ、すべての行動は質問から始まっている。「これはなぜこうするんだろう？」「この道は正しいのか？」というように質問しながら行動するのだ。

歳をとるにつれ、自分への質問よりも人から受ける質問の方が多くなる。大人たちは「千回ふりまわされて初めて大人になる」と言いながらも、いざこちらが痛い目にあっていると、見てはいられないようだ。成功体験の記憶であればあるほど誇張や美化がなされ、偶然の出来事でさえ必然のように変貌していることに人は目を向けない。それを忘れた人は、このように言い放つ。「どうしてその程度しかできないの?」

自分に質問をするときは、いろいろな悩みを一つ一つ取り出してはゆっくりと並べ、眺めることができた。一方で質問を受けるということは、自分を一言で要約し弁護することだった。ここでの答えは明確かつ一貫性が求められ、人が聞いたときにすんなりと理解されなければならないものだ。だが、このやりかたでは人生のディテールが欠落してしまう。例えば、私はカトリックの洗礼を受け、聖母マリア像を家に置いているが、仏教の書物を読むことも好きでよくお寺に行ってはお参りもする。しかし、「宗教は何ですか?」と誰かに尋ねられても、「カトリック信者ですが、仏教にも親しみを持っています」と言うことはできない。

「人は、すべての質問に答えなくてもいいのである。すべてに答えようとがんばるとどうなるかわかる? 見失うんだよ。自分を。」

この文章に私がいたく感動した背景にはそのような疲労感があった。このセンテンスが登場する益田ミリの著書『ほしいものはなんですか?』には、こうも書いてあった。

「何になりたいかはわかんないけど、誰にもなりたくない。」

益田ミリのまた別の著書『結婚しなくていいですか──すーちゃんの明日』は、三十五歳の未婚女性すーちゃんと、結婚後に退社したまい子との生活を比較している。すーちゃんは結婚していない人生にそれなりに満足しながらも、ときどき会うまい子をうらやましく思い、老後について心配する。結婚して妊娠したまい子は結婚生活に大きな不満はないけれど、子どものために大きく変わってしまう未来を恐れていて、結婚していないすーちゃんが気楽に見えることもある。このように人は、自分が置かれた立場を中心に物事をとらえがちだ。

益田ミリの『どうしても嫌いな人──すーちゃんの決心』では、主人公のすーちゃんがある同僚をどうしても嫌になり、ついに会社を辞めることを選択する。その同僚を変えようとするわけでもなく、すーちゃんも心を入れ替えることもないというこの結末は、世の自己啓発書で高らかに語られる前向きさのようなものとは一線を画している。でも益田ミリは、それが失敗でなく一つの選択にほかならないと言う。その後の『すーちゃんの恋』では、すーちゃんとその上司が次のような会話を交わすのだが、ここにも益田ミリの世界観が現れている。

「わたし、あなたの働き方、好きよ。」
「でもわたし前の職場では半分逃げ出したようなもんですから。」
「そんなの今はいいのよ。それでよかったって思う生き方をすれば、なんともないのよ。（中略）『逃げた』じゃなく『辞めた』それだけのことよ。」

悩み続けて選択した結果に満足しなくても、自分をつまらない人間だと思わないこと、そして同じように、人が選択した人生もつまらないと思うのはやめようということを、益田ミリはいろんな作品の中で繰り返している。益田ミリはエッセイ『銀座缶詰』でも、自身の性格で気に入っているところが「ひとつのことで失敗したとしても、自分のすべてがダメと思わない」と言っていた。このような潔い肯定感は、自分に質問ばかりし、その答えを探し続けてきた人々に向けたプレゼントのような言葉ではないだろうか。

つまらない大人にならないために、「あなたが望むことはなに？」を、「私が本当に望むことはなに？」という質問に変えてみよう。そうすれば、いつかまた違う自分を発見できるかもしれない。自分に対する質問をやめて他の人にだけ行きすぎた関心を持つことは、自分の未来がこれ以上気にならないように気をそらすためでもある。「大丈夫？」は、他人ではなくて自分にときおりかけてあげなければならない言葉なのだ。

「倦怠期」という言葉で片づけない

恋愛相談のコラムを書いていたとき、多くのエピソードに出会った。別れには無数の理由があるが、二十代のときはお互いの状況が変わりいざこざが繰り返されて別れることになるパターンが多いようだ。大学生のときは似たような環境のもとでつき合っていても、一方が軍隊に入隊し一方が就活をすることになったり、一方が就職をし一方が国家試験の勉強をするなど、環境が変わることによっていざこざが起こるようだった。

恋愛相談のメールを送ってきた男子大学生Kさんも似たような状況だった。除隊してから自分は学生生活もプライベートも充実させるべく忙しくしているが、つき合っている彼女は一年以上就活をしていてワンルームからあまり外に出ようとせず、だらだらしていて太ってしまい、情けなく思うということだった。倦怠期なんだと思うが、自分から別れようと言ってしまっていいものか気になる、とも。

私はKさんの彼女のような人をたくさん見てきた。就活中は特に自信を失いがちだ。そんなとき、周囲に彼女を愛する人が支えてあげられれば辛さから抜け出すことも容易なのだが、そううまくはいかない。私は以下のように回答した。

「Kさんは、彼女と別れようとほぼ決断をされたように見受けられます。私に質問をした意図やニュアンスからも、別れなさいという言葉を聞きたいのではないかと思います。大半の悩み相談はそうなんです。皆さん、心の中にはすでに決まった答えがあるものの、それを他の人の口から確実に聞きたいのですよね。Kさんは私から別れなさいという言葉を聞くことで、決定権をゆずり、罪悪感から逃れたいのだと思います。いま『倦怠期』のようだとおっしゃいますが、私はその言葉は好きではありません。関係を終えたい人が気軽に利用する言葉の武器だと思うからです。すべての関係性はうつろいながらいつも変わっていくもので、特につき合い出したころの熱い気持ちは落ち着き、変わっていきます。それを自然なものとして受け入れ、何らかの変化を探りながら関係を維持し発展させていこうと悩む人々は『倦怠期』などとは言いません。

つき合った当初、彼女が怠惰だということはわかりませんでしたか？　そのときは怠惰でも別の長所があると感じたのでしょうけれど、何が変わったのでしょうか？　毎日二人、ワンルームで過ごすことがなぜ問題なのでしょうか。実際、人はその置かれた状況によって考え、行動することしかできません。お互いの変わってしまった状況を見てみてください。Kさんは除隊後、大学に復帰し、頑張って生きていこうという意志にもっとも満たされる時期ですね。しかし、彼女は就活中でもっとも自信を失いがちな状況です。彼女は就活が長期化し、少し鬱のようにも見えます。そんな彼女をいさめながら変わりなさいというようなことを言ったら、状況はさらに深刻化します。

まず最初に、彼女をまだ愛しているか自らに聞いてみてください。愛していないという結論が出たならば、言い訳をせず別れてしまったほうがいいでしょう。もし愛しているという結論が出たならば、そのときは今とは違う方法で彼女と共に努力をしなければならないでしょう。

ここで重要なことは、相手に変わりなさいと言うだけではだめ、ということです。人の自己肯定感は、持てと言われて持てるものではなく、客観的に認められたり、充実感を得られたときに高まるものです。時間をつくって彼女と運動をしたり、簡単に参加できるイベントに行ったり、語学を勉強しに行ったりという努力をしてみてください。このような努力をしながら、彼女と未来を共にするために一緒に頑張っているんだと愛情を込めて説明してみてください。

それでも変わらなければそのときに、自分たちの関係を考え直さなければならないと、はっきり伝えてみてはいかがでしょうか」

記憶補正の罠

近ごろ、スマートフォンで自撮りをするとき修正アプリを使用することが当たり前になった。写真を撮って修正することを繰り返すと、アルバムの中には自分が自分だと記憶したい姿だけが残ることになる。これが私だと信じたいものだけを残そうという気持ち。日々の記憶もこのように修正し、削除しているのではないだろうか。

「人生写真」〔生涯残したくなるような写りのよい写真〕を残そうとするとき、数十枚の写真を撮り、その中から最もよく写っているものを選ぶ。そこに、フィルター・美白・ひきしめ効果を適用させる。すると、自分の姿なのにすでに自分ではない画像のみが保存される。そうして作成した写真をことあるごとに眺めているうちに、その写真の中の姿が本当の自分だと思えてくる。一方で、ふとほかの人が撮ってくれた写真を見てはハッと驚き、写真の写りが悪いと腹を立てたりする。記憶も修正した写真のように、ありのままの姿でなく、編集と自己愛で干からび、固まっている。だから、人生で何かを回想するときは「傷を与えた」記憶よりも「傷を受けた」記憶が圧倒的に多くなるようだ。

インターネットで「モンスタークレーマー」、「パワハラ」に関する記事や書き込みを見るたびに思う。パワハラを受けたという人はあふれかえっているのに、どうしてパワハラをしたという人にあうことはないのか。自分もそうしたことがあるに違いないのに、忘れたくて忘れたのだろう。記憶の補正とは、このように危険なのである。

第5章

見過ごしてきた慣例にNOと言う

不幸だと他人に関心が向く

大学卒業後、ソウルに上京して一人暮らしを始めた。所持金五十万ウォンだけの無鉄砲な上京だった。ソウルは「下から上がってきた」人に対して温かい場所ではなかった。人々は私にこう言った。「方言を話すんですね？」今ならただ「はい」と答えるが、委縮していた当時の私にはこう聞こえた。「田舎っぽくて、おかしいよ」

住んでいた考試院《コシウォン》〔安価な学習室兼簡易宿泊施設〕で、髪をドライヤーで乾かしていたところ、前の部屋の女性がドアをノックした。「シーッ、ドライヤーは使わないでください」。息をひそめて暮らす、これが考試院の掟《おきて》だ。ブツブツと独りごとを言うことが増えた。誰かと電話で話すようにあいづちを打ったりもし、外を歩くときはその日にあった色々なことについてつぶやくこともあった。あまりにも寂しくて、架空の友達をつくりだしたのだ。

うつの症状がいろんな形で現れだした。意欲がなくなり、この世から消えてしまいたいと思い、食べ物を山のように積み上げてはムシャムシャ食べたりもした。また、うつの気分は他人への敵対心へと化した。自分に対するやりきれなさが、他人と世の中への憤りとなってふくらんでいった。人の行動に隠された意図があるのではと疑うようになり、特定の人に対する怒りが大きくなることもあった。被害者意識のせいで人の行動と言葉を否定的に解釈するため、人間関係に支障をきたすこともあった。そんな状態が続くと人の悲しみに共感できなくなり、誰かが辛そうにしていても「あんただけが辛いんじゃないんだよ、私だってしんどいの」、「たったそれだけのことで辛いって？」というような気持ちが湧き上がるのだった。自分のことしか考えられなくなり、人にいたわりを持って接する心の余裕がない証拠だ。

このような心の風邪にかかっていないか普段からチェックする必要がある。そして、その兆候が出てきたらしばらく休息を取った方がいい。最近、私は体重を測るように定期的に自分の心の状態をチェックしている。状態が悪いときは、すぐに腹が立ったり、大したことではないのに大げさに受けとめてしまったりする。そのような症状があらわれたら仕事を少しセーブしつつ、人とのコミュニケーションを最小限に抑える。特に、人間関係から来るストレスに注目してみよう。私たちには目に見えない人間関係が無数に存在する。ＳＮＳの浸透でいつでも人とつながっているという思い込みが私たち現代人を挫折させる。フェイスブックやインスタグラムにアップされる友達の様子を見ては嫉妬し、リアルタイムに鳴るカカオトークの着信音やチャットルームに縛られている。そんな日常はあまりに煩わしく希薄で、心の病を引き起こしがちだ。

人生とは、長回しで撮影した無編集の本編だ。退屈でだらだらと感じてしまうのはどうしようもない。一方、他人の人生は、編集や修正が加わった予告編である。見栄えがよくなるのは当然のこと。それを理解しないと、この世で自分ひとりだけが辛いように思えてくる。あげくに、被害者意識と自己憐憫に支配され、人を傷つけたり、利己的に行動してしまったりする。このような不幸な人は、パワハラをしてもそれがパワハラだとわからずにいる。認められる場所がないから、いつも「この私を誰だと思ってるんだ！」と叫ぶ。相手の感情を推しはかったり、因果関係を把握する回路が壊れてしまったのだ。一方、幸せな人は自分をわかってほしいと人に辛くあたったりしない。自身が満たされていれば、人から認められたいと願う必要がないからである。

役に立たなくたっていいじゃない

大学に入りたてのころ、いわゆる「活動家」の先輩たちは、なにかにつけてこう聞いてきた。「君は何のために生きているの?」「君のイデオロギーは何だ?」と。私は答えられなかった。答えたとしても、何の意味もなかったろう。その質問は答えを聞くためのものではなく、私にダメ出しするためのものだったから。そんなとき私はいつも自分が恥ずかしくなって、もっといろいろ考えて生きていかなければと決心したこともあったが、いつの日からか、そんな質問がうっとうしくなっていった。

大学生向け専門メディアで働いているため、普段から多くの大学生と会うが、ときおり、「私はどうして生きていかなければならないのでしょうか?」、「あえて生きている理由は何でしょうか？」と、真剣な面持ちで尋ねてくる学生がいる。就職活動の時期に差しかかると、質問の内容がさらに重くなってくるのを感じる。友達の就職を心から祝えないのになぜ生きなければならないのか、と。このような心情を吐露しては、「就活症」になったと卑下する姿を見ていると、胸が締めつけられる。

大学生たちがこんなふうに考えてしまうのは、人から能力や取柄を聞かれてばかりいることにうんざりするからだ。履歴書を数十枚書き、「当社への志望動機は？」、「あなたの長所と短所は何ですか？」、「人生で最も貴重な経験は何でしたか？」という質問への答えをつくりだし、そしてある瞬間うろたえてしまう。大したことのない経験を素晴らしい機会であったかのように取り繕っていると、優れた人たちがうらやましくて、自分が価値のない人間のように思えてくるのだ。

ある存在がその必要性を説明しなければならないという状況は、質問者がすでにその存在を価値のないものだと決めつけているからこそ起こるのである。文化部前長官〔日本の文部科学大臣にあたる〕ユ・インチョン氏が韓国芸術総合学校〔ソウルの国立大学〕の学生たちに、「どうして叙事創作科が必要なのか？」と聞いたときや、企業の面接官が応募者に、「私たちがあなたを選抜する理由を一分以内で説明しなさい」と尋ねたとき、これらの質問を受ける人たちは、あまりにも生き残る確率が低い典型的な弱者なのである。私はもう、そのように質問者の意図が明白な質問には正直に答えないようにしている。

大統領に名刺がないように、卓越した上位レベルの存在であればあるほど自身を説明する必要はなく、ピラミッドの階層の上にいる人たちも、自身の説明はかえって役に立たない。釣りが好きな人は、釣り特有の無用さが趣味としての価値をこのうえなく高めているとも言う。誰かにとっては時間とお金の無駄のように見えるかもしれないが、ある人にとってはそれこそまさに高い価値をもつということだ。芸術大学の就職率の指標を掲げ、実用的でない大学だという見解を示す教育科学技術部〔日本の文部科学省の教育部門にあたる〕に対し、芸術大学の学生たちはこう叫ぶしかない。「これは芸術です!」なぜ生きるのかという質問を受けたときも、同じ脈略でこう答えられないだろうか。「ただ、この世に生まれてきたから」

振り返ると、私は自身の存在や価値を常に証明しながら生きてきたような気がする。「どうしてそんなに無駄なマネをするの?」と幼いときからずいぶん言われてきた。子どものころは、女だからといって男より優れていないことはないと両親を説得しなければならなかった。中学、高校時代に本を読んでいたら、先生から、何をやっているんだ、そんな時間があったら問題集の一つでも解いたらどうだと怒られたりもした。大学時代、社会学を専攻していたのだが、卒業後の進路はどうするのかと尋ねられてばかりいた。今では堂々と「何もしないってのもアリじゃない?」、「役に立たなくたって、いいじゃない」と答える準備をしているから、もう問われることはない。

母が、我が家系において四世代連続の一人息子である私の弟を生んだとき「元気に育ちさえすればそれでいい」と言っていたように、生きるのに特別な理由が必要なのではない。この世の中は無責任にも人に存在価値を証明するよう押しつけ、そして人々は青ざめた顔をしてあちこち歩き回り答えを探している。けれど、そんなことはしなくてもいい、と伝えたい。考え方によっては役に立たなくても生きていること自体が、価値あることとも言える。だから人の目を気にせず、自分の幸せのために生きていけばいいのだ。

あなたにはその人を治せない

「もし周囲にソシオパス〔社会病質者〕やサイコパス〔精神病質者〕がいたら、避けなければいけないでしょうか？　もしくはうまく諭してその人を変えることができるでしょうか？」

犯罪心理専門分析家であり、元警察大学教授であるピョ・チャンウォン議員が、市民からこのような質問を受けたことがあった。

「早くお逃げなさい。いますぐに」ピョ議員は断固とした態度でさらにつけ加えた。「みなさんは絶対に治すことができません。早くそこから逃げなさい。精神病質者かどうかは専門家が時間をかけて観察し、調べてやっとわかるものなので、むやみに信じ込んだり判断したりしないように」

精神病質者や社会病質者は極端な例だが、「問題がある人が周囲にいるんだけれど、自分はその人をどうしたら治すことができるでしょうか?」という悩みはこれまでにたくさん聞いた。そういう質問には一つの共通点がある。「治すことができるのか?」と問うときは、「(大変だけれど)努力すれば治すことができるだろう」と信じていることが前提になっているということだ。

何か問題があった人が周囲の助けによりガラッと変わる、ということがないわけではない。教育番組では、ごはんをあまり食べない、集中力がない、悪口を言うなどの問題がある子どもたちが、専門家の訪問によって環境が変わったとたん、まったく違う姿になったりもする。悩み相談者が「これから私は、違う私になる」と語り、拍手を浴び、周囲からの温かい励ましで締めくくられる芸能番組も相変わらず放送されている。整形手術とダイエットで変身をさせるという番組を見たのだが、ある女性が夫からDVを受けていたにもかかわらず、夫が暴力を振るわなくなったと語っていて、あまりの極端な展開に白々しさを覚えたものだ。

さておき、私たちがメディアで見る人々の変わりぶりは、編集され、制作された極端なショーに過ぎない。テレビや本、講演などで「変わった」という人々がその後どのように生きているかは私たちには知る由もない。また、実際に変身をしたとしても、言葉通り「高卒神話」や「入試合格手記」のように、成功する確率が希薄だということを示しているに過ぎない。

それにもかかわらず、そのようなストーリーが相も変わらず目につくのを見ると、「人が人を変えることができる」という「啓蒙物語」は、多くの人に刷り込まれているということだろう。私はこの、「温達《オンダル》将軍と平岡《ピョンガン》姫の物語〔貧しくも愚かな平民の温達と平岡王の娘の物語。二人は身分差を超えて結婚し、温達は妻の導きで高句麗の将軍となる〕」のような極端なサクセスストーリーが大多数の平凡な人々を苦しめ、人間関係や組織への考え方も崩壊させてしまうのではないかと思う。強要や啓蒙のような方法で、人は変わることができない。自分自身が変わろうと決心し、これまでとは違う人生を生きていくためにこの上ない努力をしてこそ、変わることができる。たくましい精神力や意思が不足する大多数の普通の人々は、いっとき改善したように見えても、もとに戻ってしまうことがほとんどだ。特にそれが禁煙やダイエットといったレベルの習慣改善ではなく、暴力やうつ、人格障害のような人間の核心的な部分であればあるほど、その傾向は強まる。

愛情と努力で問題ある人を変えられるという思いは美しく、実際の社会でよく見聞きすることではあるが、同時に何よりも明らかなのは、それが実現する可能性はとてつもなく低いということだ。これは、改善を放棄しなければならないという意味ではなく、それほど難しいということである。だからこそこの世は、法と福祉のようなシステムを備えつつ進歩してきたのだ。個人の意思だけでは難しく、真実を見据えるためには、「しかたない」という適切な悟りも必要なのである。状況が望みどおりに変化を遂げたときの輝いた未来だけを見ようとすると、現実を見失うことになってしまう。

祈祷書にこんなフレーズがある。「私ができることには最善をつくせるようにしてください、私ができないことには、あきらめることができる勇気をください。そしてこの二つを見分けることができる知恵を与えてください」。できないことに執着していると、できることも逃がしてしまう。専門家の仕事は専門家に任せ、私たちは私たちがやり遂げることのできることをしていこう。時間は価値のあるところにだけに使っても足りないくらいだし、あなたは幸せになる権利があるのだから。

わからないなら、静かに耳を傾けてみる

「お願いだから今度こそ普通の運転手さんでありますように」タクシーに乗るたび、緊張しながらそんなことを考える。私の父も二十年以上バスの運転手をしていたから、運転というものがどれほど辛いものかは知っている。でも、それを知っているからといって、私が受けるストレスが減るわけではない。できる限り理解しようとはしても、乗るたびにかなりの確率で不親切な運転手に遭遇し、ドキドキと心臓が高鳴るのをどうすることもできない。便利さを求めてタクシーに乗ったのに、もやもやした気持ちのまま支払いをすることになる。政治的な話題をふっかけ論争しようとする人、怒鳴りながら話す人、荒っぽい運転をする人、私的な話をしつこく尋ねてくる人など不親切な運転手にもいろいろだが、いずれにしても、これらの対処は

本当に難しい。

そんな記憶が積もりに積もったある日、タクシーに乗ったときの経験について話題にしてみた。女性は共感しながら、自分もタクシーに乗ったときに不快な思いをしたことがたくさんあると言ったが、興味深かったのは男性と話したときのことだ。ほとんどの男性は、タクシーに乗ったとき不快な思いをしたことがないと言い、不思議だった。「タクシーに乗って、何が不快だって?」(いちいち挙げることができないほど多いんだけど。)「乗ってすぐ目的地を言ったら、いつも寝ちゃうよね?」(女性は一人でタクシーに乗ったら寝ませんよ。特に夜はね!)

私の弟は、怒りのコントロールができない人を鎮めることができる。医学的な方法によってではなく、背が一八〇センチメートル、体重が一〇〇キロ近くという体格のためだ。慶尚道《キョンサンド》出身で、もともとぶっきらぼうな話し方なので、何気ない質問をしただけなのに丁重に謝られることもあるほどだ。特に何かを要求しているわけではないのに、返金されるようなことも少なくない。弟のような人たちは、基本的にこの世の人はみんな親切だと考える。たまに弟と話すと、本当に同じ国の同じ人間として生きているのかと訳がわからなくなるときがある。

弟と話すたび、タクシーに乗ったときのお互いの体験があまりにも異なることに驚いたが、話をしていて、タクシーでの不快な経験がない人には二種類のタイプがいることに気づいた。一方のタイプは、「自分はそういう経験があまりないけれど、そんなこともあるのか」と、よく耳を傾けてくれるタイプ。よくわからないけれど、わからないながらも理解しようと努力してくれる人。もう一方のタイプは、こんな言葉で私を黙らせる。「ええ？　そんなはずないよ。おまえが考えすぎなんじゃないか？」「どうしてそんなおかしな人にばかり出会うんだろうな。そんな人、いないよ」

私はふと、ある出来事を思い浮かべた。それは大学生のとき、初めての海外旅行でのこと。イギリスで一ヶ月近く暮らしたのだけど、不思議に思うことあった。バスや地下鉄に乗っている時や道を歩いているとき、カフェでお茶を飲むときなどに障がい者によく出会うのだった。韓国では日常的に車椅子に乗り、松葉づえをつく人をそんなに見ることはない。最初はこう考えた。「イギリスには障がい者が結構多いみたい。韓国はそんなことないのに……」しかし、真実を知ったのは、それからずいぶん時間が経ってからだった。イギリスには特に障がい者が多いのではなく、韓国では障がい者が家の外に出ること自体が難しいということだ。

最近、韓国で最も大きな社会的イシューは、ジェンダーの問題である。一九九〇年代に生まれた女性たちは、その上の世代と違い、男女が平等であるという教育を受けて育った。小学校のときから女の子でもクラス委員長になることがあるのを経験してきている。しかし、二十代になると、そういった教育と現実は違うということを実感し、当惑するのである。旧正月などの名節には母親が一人、台所で働いているという事実を知ることになり、性差別的なことにも日常的に遭遇する。セクハラやデートDVにあった女性に出会うこともめずらしくない。特に、「江南《カンナム》駅殺人事件」〔女性嫌悪（ミソジニー）主義的な男性が起こした無差別殺人事件〕は、社会に大きな衝撃を与えた。この事件は韓国で女性として生きていくことがどれだけ難しいかを明らかにした。

問題は、このように女性として感じる不安や恐怖を話すと、「自分にはよくわからないけれど、そういうこともあるんだな」と、理解してくれるのではなく、「君が考えすぎなんだ」、「君だけが大変なんじゃない、みんな同じ」、「私の周囲にそんな人はいない」と否定されてしまうことだ。たとえ自分は遭遇したことがなくても、誰かにはいま起きている現実なのに、よくわからないという理由で根拠のない話とされてしまうことがあまりにも多い。このような対応をされた人は自分たちの声を彼らに届けるために、さらに激しく強い方法で怒りをあらわにする。

子どもは、自分の目に見えているものだけが世界のすべてだと思っている。目に見えない状況や事情は子どもには想像も理解もできないため、最初に見たことがすべてで、それを不変なものととらえてしまう。大人はずっと大人なのだと子どもは考えるので、おばあちゃんはお母さんのお母さんなんだよと教えてあげると驚かれることもある。また、子どもは大人の感覚からすると、失礼なことを言うときもある。「先生にもお母さんやお父さんがいるの？」と言って驚かせたり、「先生は旦那さんとボーイフレンドと一緒に住んでいるの？」と、純粋な目で聞いてくることもある。かくれんぼをしているときも、自分が見えなければ、他の人にとっても見えないのだと思い、体を隠すのではなく、手で目隠しだけをして突っ立っていたりする。

それと同じで、知らないことを存在しないもののようにとらえるのは、あまりにも子どもっぽく幼稚で、視野の狭い行動ではないだろうか。人に対する想像力が不足すると、人をたやすく恨んだり、高圧的になって、粗探しばかりするようになる。世の中には多くの人が様々な立場と利害関係の中で生きているから、感じることはひとりひとり違って当然だ。実際に自分が経験しなくても、理解しようと努力することは可能なのだ。その人の立場に立って生きることはできないけれど、相手を理解するために想像力を動員し、共感する能力を発揮することはできる。想像力とは人に対する愛情でもある、という言葉はまさにそれを意味している。本を読むなどの文化的な習慣も、実はそのように高い次元の能力を養うためではないだろうか。

私は女性として生きてきたので、男性として生きることの苦悩についてはよくわからない。だから、軍隊の話題になるとただ耳を傾けている。全部聞いてから、「そうなんだ。大変なんだね」と言うだけである。軍隊に入ったことのない私が、これ以上、何を言うことができるというのか。しかし、不思議なのはこの程度の言葉にも男性たちは感動するということだ。よくわからないから、わからないと認めること。わからないから、簡単に非難したり無視しないこと。自分が知らないあなたの話をもっと聞いてみたいと言ってみること。そのように、立場を変えて考えてみることを少しずつ試してみると、お互いを恨むことなく、対話を重ねていくことができる。やや面倒くさくて難しい部分もあるけれど、努力していきたい。そして周囲の人たちも、自分に対してそうしてくれればなおうれしい。

共感力の足りない人の周りは病む

タクシーに乗ったらラジオからパク・クネ前大統領のニュースが流れて、運転手さんが話しかけてきた。大統領が何を間違ったというのか、何が悪かったのかがわからないという話題から始まり、セウォル号沈没事故にまで話は及んだ。ただ聞いていただけだったけれど、事故についで彼が「子どもたちはかわいそうだったけれど、大統領として何ができるというんだい」と言うので反論した。それに対して彼は「もう胸にしまわなきゃ。両親は多額の補償を受けたじゃないか。ロトシックス級のね」。それを聞いて、最後に尋ねてみた。「運転手さんのお子さんがそうなっても、同じように考えますか?」、「もちろんだとも! 辛くても我慢しなきゃ」。

私は目的地に着く前にタクシーを降りた。

共感という想像力を発揮し、他の人の立場になって、その人の感覚と視点を理解する。この能力は人間が持って生まれた貴重な才能の一つだ。他人の感情を汲み取ることができないサイコパスのような人は、多くても全人類の二％程度に過ぎないという研究結果もある。残りの大多数は先天的に共感能力があり、これを通じて社会的連帯を築いているということだ。でも、共感能力のない人は、体感的には二％をはるかに超えている気がする。クールであることを好むこの社会が、後天的に共感能力の欠落者をつくり出しているのではと疑ってしまう。

私は共感能力が不足した人とは、プライベートで会わないようにしている。彼らの近くにいると病んでしまうことがわかるからだ。共感能力が不足した人は、いとも簡単に人に被害を与える。特に悪意があるわけではないのに、結果的にそうなってしまう。すべての人が自分のように人格を持っていると考えず、物事を決めつけてしまうためだ。問題が起きて批判されると相手のせいにするのにも長けている。共感能力が不足した人と長くつき合っていると、そうでなかった人も情緒不安定になり、自己肯定感が一気に失われてしまう。

最も不幸なのは、そのような人が自分の両親や、職場の上司、社会的指導者層の場合だ。共感能力が不足した人は、自分の行為が人にどのような影響を与えるかわからないため、自身が望む結果のためには、ためらうこともなく人を犠牲にする。彼らはともすると冷静かつ論理的であるから理想的な人に見えることもあるが、彼らにとって周囲の人は、数字や手段の道具としてしか存在していない。このような人と上下関係にあると、その人から精神的虐待を受け、自らの存在を確立するのが難しくなる。

私たちは、社会の指導者層として共感能力に欠ける人から嫌というほど被害を受けてきた。多くの心理学者は、パク・クネ前大統領の人生は、閉鎖的でトラウマに支配された環境であったと指摘する。前大統領は十歳のとき青瓦台に入り〔父親、パク・チョンヒ前大統領の長女として韓国の大統領官邸で暮らした〕、二十七歳になるまで十八年過ごした。青瓦台が家のようなものなのである。二十二歳のときに母親が、二十七歳のときに父親が他界した〔母親は、父親を狙った銃により倒れ、父親は側近より射殺された〕。二〇一二年に大統領選の候補者としてSBSのトーク番組『ヒーリングキャンプ』に出演したが、そこで、これまでの波乱の人生について話したあと、「悲しいドラマを見ても、悲しいうちには入らないと思う」と話していた。

人はとてつもない衝撃にあうと、無意識的に現実を歪曲する防衛能力が働き、自分を守る。パク・クネ前大統領はセウォル号沈没事故が起こった日、美容師を呼び、髪をきっちりと高くブローしていた。また、記者会見では表情ひとつ変えることなく涙を流し、記者たちに「セウォル号沈没事故は去年でしたっけ、おととしでしたっけ？」と尋ねる言動は、そのようなトラウマによる共感能力の欠如からもたらされたものだ。このように共感能力が低い人の行動を、社会は見過ごしてはいけない。ひとりひとりの幸せを大切にする世の中なら、共感能力が低い人を社会の指導者層に据えるなんてことは、ありえないだろう。

日常生活の人間関係の中でも、表現の自由と共感能力の不足による暴力とを厳密に分けて考えなければならない。芸能人がテレビで、幼いときいじめをしていたとか必要に駆られて盗みをしたといった話を、なんの気なしにインタビューで語っていたり歌詞に取り入れたりしていることがある。これらを幼さや若気の至りとして武勇伝のようにアピールしているのを見るたびに、ハラハラしてしまう。この世にマイクの数は限られているのに、そんな人々がボリュームを上げ続けていたら、弱者の声が届かなくなってしまうではないか。

インターネット上でも同じような状況をよく見かける。人生や人間関係の幅が狭く、オンラインのコミュニケーションにだけ慣れていると、常に人の全体像をおおざっぱにとらえ、定義づけるようになってしまう。小中学生のことは「給食虫」、母親は「ママ虫」、お年寄りは「入れ歯虫」と呼んでしまうのだ。そのように区分して嘲《あざけ》ることは、この世のなんの役にも立たない。

セウォル号沈没事故の遺族たちが断食抗議をしているとき、イルベ〔韓国のネット右翼コミュニティー〕からきた人たちが光化門まで繰り出し、ピザとチキンを食べながら「暴食抗議」をしていたのには、あまりにも人間性を疑ってしまった。私たちが基本的に持っているはずの倫理感さえない人々が、どうやって保守派と進歩派間の問題や表現の自由を語ることができよう。

セウォル号沈没事故という共通の記憶を通じ、私たちはすべてが以前と少し変わってしまった。人は、花より美しいわけでもなく、世の中は悪事であふれていることを今さらのように実感することになったのだ。しかし、それでもこの世に希望があるとすれば、人間を人間らしくする共感の心があってこそなのである。そしてこれが、人が持って生まれたものの中で最も素晴らしい能力なのだ。なぜなら「わたしは経験したからわかるけど」ということだけではなくて、「わたしはよくわからないけれど、そういうことだってあり得る」という高いレベルの想像力を人は働かせることができるからだ。結局、理解できなかったとしても、理解しようとする心、それぞれの事情を注意深く観察しようとするシステムのようなものが私たちを少しだけ前に進めてくれる。四月がもう何回も過ぎた。セウォル号が浮かび上がるところを私たちは一緒に見つめている。

シニカルにならなければ何とかなる

冷笑的でシニカルな態度を取る人がいる。シニカルとは単に物ごとに対して否定的な感情をもつことを言うのではなく、この世によいことは起こらないのだと思い込むことが根底にある。「どうせダメならやらなきゃよかった。いま何かをやってみたところで何も変わらないんだ」というのが、シニカルな思考回路の代表例だ。外向的、内向的といった、もって生まれた性格と違い、シニカルは経験を通じて悟るものだ。生まれながらにシニカルな人はいない。「もしかして」が「やっぱり」になってしまった経験や、期待していたことに相次いで失敗した記憶が積もったときに、自分を守る手段としてシニカルになるとも言える。

幼いころ、大人たちや大人たちの見せてくれた本はすべてこんなことを言っていた。「努力は裏切らない」、「正義は勝つ」、「職業に貴賤はなく、人はすべて平等だ」、「貧しさは不便であっても恥ずかしいことではない」。学校でも、生活、道徳、倫理といった教科を通じ、公共の義務や責任、法律やモラルについて学ぶ。しかし子どもたちは大きくなるにつれ、ひとつずつ悟っていく。努力は（あろうことかしばしば）私たちを裏切り、世の中は道から外れたことや不合理でいっぱいだということ。理解しがたいものや汚らわしいものは、その逆の美しいものより存在感があり、貧しさは不便さのみならず、恥ずかしいことでもあるということを。

学校で学んだ世界と現実世界の隔たりを理解する過程において、私たちは心に深い傷を負う。けれども、傷つかない方法を探し出すことは、もっと難しい。シニカルになってしまうことは、「どうせダメだろう」と発言することだけでなく、人々がせっせと努力して結局失敗する姿を見て、「それ見たことか、きっとそうなるって言ったじゃないか」と言ってしまうことだ。よって、シニカルな人はときに世情によく通じる賢い人のように見えてしまうこともある。

しかし、周囲を見渡すと、現代社会はシニカルにならざるを得ない世の中ともいえる。恋愛、就職、結婚は人生の自然な成り行きでなく、切に望んで努力しなければ叶えられない夢となった。すべてをあきらめるという意味の「N放世代」をはじめとし、「ヘル朝鮮」〔生存競争が激しい自国を皮肉る用語〕、「土の匙」〔経済力が低い家庭の子どもを例えた言葉〕、「パワハラ」などの不条理な言葉にはもううんざりだ。多くの若者が大学卒業後、非正規職に就いたり物価に対しとんでもなく低い賃金に甘んじたりする。理想的な就職先はごく少数の限られた人に与えられ、それさえもこれからは減っていくことは明らかだ。努力すればするほど報われ、これから世の中はよりよくなるだろうという前向きな期待を持つことができたのは、両親の世代が最後だった。

この世が満足できるものでないことは明らかだが、この世を嘆いてばかりいるのもまた悪循環だ。言葉が通じない人とは話をしなくなるように、何かが変わるという望みがないと、なんのアクションも起こさなくなる。そして、長い間家を空けておくと、埃が積もったりあちこちにぼろが出てきてしまい、家としての機能を維持できなくなってしまう。毎日掃いたり磨いたりしても、掃除したことを気づかれないこともあるが、せめてそうすることによって、ある程度の水準はキープできるという側面もある。

怒りと不満を発信しながらも、私たちが生きたい世の中について、積極的に発信していこう。幼いときに学んだ美しい世界ではなくとも、「もしかしたら」という気持ちだけは失わないようにしよう。最善がなければその次の善を、それがなければ最も悪い状況の前を選択するという懸命さだけが、最悪の状況を防ぐことができる。

いま私たちが生きている世の中は、反人種差別主義者、反戦主義者、フェミニストなど過去の理想主義者たちが切実に夢見た世の中でもある。この世を全面的に肯定しようということではない。シニカルにならないようにしようということは、いま私が立っているところから振り返って、勇気を出して現実を直視しようということだ。そうすれば少なくとも、この世は変えられなくとも、自分の人生と周囲はいくらか変わってくるのではないかと思う。

見過ごしてきた慣例にNOと言う

将校の男性とつき合っていたときのこと。軍隊所属の人だったけれど、自宅通いのため頻繁に会うことができた。つき合いだしたころは会いたくて仕方がないから、週末だけでなく平日の夕方にも約束をした。しかし、浮かれ気分で待っていると、申し訳ないけれど行くことができなくなったと連絡が入ることが多くなった。そんなときの理由はわかりきっている。「上からの指示」が下ったというのだ。彼の説明する状況は理解しがたいことが多く、食い下がることもあった。「それはあえて残業してまでしなければいけないこと？　どうしてそんなに効率悪く仕事を進めるわけ？」すると彼は、軍隊ではそんな質問はできないと言い、「軍隊では外の世界と違い、ないものが三つあるんだ。合理性、効率性、そして人権」

二〇一七年八月、「奴隷公官兵」が人々の怒りを買った。陸軍隊長夫婦が公官兵〔軍幹部の官舎を管理する兵士〕たちに想像を超えるむごい仕打ちをし、兵士を自殺にまで追い込んだのだ。夫婦が率いる公官兵たちは一日中GPS発信機を着用し、頻繁に呼ばれては召使いのように扱われ、勤務のあと自由時間もなかった。命令に反すれば営倉〔規則に反した兵士を閉じ込める建物。二〇一九年廃止〕に送ると脅迫され、腐った果物や熱いチヂミを顔に投げつけられたという。除隊したA氏はインタビューで「下僕のように扱われていたことが最も辛かった」と話した。

この事実が報道されると、同じような目にあったという証言が相次いだ。軍幹部が名門大学の兵士を子女の家庭教師にしたり、敷地内の畑を管理させたり、また、暴言や暴力は日常茶飯事だったという。まるで現代版「私奴婢《しぬひ》」である。陸軍の規則には、「公官兵は、将官級指揮官の承認により、施設管理、指揮統制室との連絡、食事の準備など公的任務のみが可能」とされている。明らかな規則違反である。

私が編集長として働く雑誌社「大学明日」で、この問題に関連したコンテンツを制作することになり、除隊したばかりの何人かの大学生と会った。「あなたは軍隊でパワハラにあったことはありますか?」と、まず尋ねてみた。待っていたとばかりに経験談を話してくれるだろうと期待していたが、みんな同じような反応だった。「軍隊でパワハラ? よく覚えていませんけど……」、「パワハラまでのことは特になかったと思います」。報道の奴隷公官兵のように不当な待遇を受けたことがないか再度聞いてみると、彼らはじっと考えたあと、このように言った。「よく考えてみたら、ありますね。でもそれがパワハラだとは思いませんでした。軍隊ではそれはあまりに当然のことですから。こうして考えてみると、パワハラですよね」奴隷公官兵のインターネット記事に対する書き込みの中には「やっと明るみになったね」、「僕も似たような（もっとひどい）扱いを受けたよ」というものが目立った。

問題は常に存在した。しかし、そこから目をそらしていただけ。私は今回の奴隷公官兵問題で、韓国社会の少しの進歩に向けた光を見た。上部からの指示は絶対的に従うという軍隊規律を乱用してはいけないということ、兵士にも人権はあり、それを尊重しなければならないということ。この当然の道理がこの間「軍隊はもともとそういうもの」という思い込みのもと無視されてきた。しかし、もともとそんなことはどこにも存在してはいけない。「いくらなんでも、これはないんじゃないか」と、誰かが声をあげたとき、世の中は少しずつ変わっていく。「みんなそうなんだ」、「こんなものなんだよね」と言うのはもうやめて、常識から逸脱した慣例から目をそらさないようにしよう。そう決心すれば、この世は本当によくなっていくだろう。二〇一七年十月、韓国国防部は公官兵制度を廃止した。制度施行から六十年が経っていた。

感謝のことば

どこが問題なんだと言い放ったノールックパスの主人公は、五ヶ月後に海外から帰国した際、自分のキャリアケースをしっかり摑んで空港から出て行きました。彼は人々からの批判のおかげで行動を改めることができたのでしょう。無礼な出来事に遭遇してもわざわざ声に出して「やぶへび」になるよりは少し我慢するほうがマシと、ただやり過ごしていたら、それはそっくりそのまま社会的負債として残り続け、エスカレートしていく一方です。

私は、「たくましい」という言葉と「回復弾力性」という言葉が好きです。この世で人は無力ではあるけれど、私たちがどう向きあえばいいか心を決めることで、少なからず私たちの周囲は変えることができると思います。読者の皆さんがたくましく生きていくために、この本が助けになればうれしいです。そして、挫折したとしても「これがすべてではない」と思うよう、願っています。私もたくましい文章をずっと書いていくので、一緒に思い切り幸せになりましょう。

この本の企画を提案し、きめ細かくつくってくれたソ・ソンヘン次長と編集長、デザイナーさんをはじめとするカナ出版社のすべての方にお礼を申し上げます。共に仕事をする「大学明日」の同僚と友人、家族にもいつも感謝しています。特に、頼もしい助っ人である夫と津貫洞《ジングアン》のソさん、愛しています。こんなに素晴らしい人たちに囲まれて、私はラッキーな人間だといつも思っています。これからもずっと、共に歩んでいきましょう。

訳者あとがき

本書は二〇一八年一月に韓国でカナ出版から刊行された、『무례한 사람에게 웃으며 대처하는 법（無礼な人に笑顔で対処する方法）』の邦訳です。発売から四十日間で七万部を突破、韓国の三大ネット書店（教保文庫、Yes24、アラジン）で週間ベストセラー一位、エッセイジャンル一位に輝いた話題の書籍です。この書籍が韓国で発売されると、「この世にこんなに私をわかってくれる本があるんだ、と思いました」、「私ももっと堂々と声をあげていこうと思います」、「昔の古傷にあれこれ思い悩むのはもうやめます」など、女性たちから多くの反響が寄せられました。

一九八六年生まれの著者による本書が多くの韓国人女性たちに支持された理由は、まず彼女が決して人からうらやましがられるような人生を歩んできたわけではなく、むしろその反対の生い立ちでありながら、その中で経験してきたことを率直に綴り、もがきながら乗り越えてきた説得力のある方法を提案しているためでしょう。著者は現在、大学生向けのライフスタイル

Webサイト「大学明日」のデジタルメディア編集長として勤務する傍ら、雑誌やコラムへの執筆、ケーブルテレビ番組のパネリストとしても活躍中です。

著者が生まれ育った慶尚北道の大邱《テグ》市は、本書で封建的な空気の残る地方都市といった表現で描写されています。生まれ育った地域にあまりにも否定的なのではと日本の読者の皆さんは感じるかもしれません。しかし、韓国は日本社会からは想像もつかないほどの一極集中型で、政治、経済、文化、教育など、ありとあらゆるものがソウルに集中しています。著者は母親から「大学に行くなんて無理だ」と言われましたが、地元の国立大学、慶北大学に進学します。悪くない選択なのではと思いますが、ほとんどの人々の関心や価値観がソウルに向かい、著者が大学に入学したと思われる二〇〇〇年代中盤の大学進学率が八〇%以上という韓国では（日本は五〇%前後）、著者のように卑下してしまう人がいるのも事実です。私は一九九〇年代後半、ソウルに語学留学をしましたが、「とにかく（地方でなく）ソウルの大学に入ることに意味がある」と話す韓国人に少なからず出会い、驚きました。本書の中で紹介されている、運転代行をしながら執筆活動をするキム・ミンソプ氏の著書『わたしは地方大学の非常勤講師』のタイトルには、ソウルでない地方の大学で働くことをやや自虐的に言うニュアンスが含まれています。そんな背景がわかると、著者が抱えていた鬱屈した気持ちがより理解できるのではないでしょうか。

本書の中で紹介されるさまざまな事例は韓国ならではのものもあるので、日本の読者の皆さんの中には自分の置かれた環境とは遠く感じる方もいらっしゃるかもしれません。しかし、例えば、著者が若いころアルバイト先で言われたという「頭が悪いからこんなところで働いているんでしょ」のように、ゆきずりの人から無礼で理不尽なことを言われる弱者を私は留学時代よく目にしました。「そんなこと、ふつう言われないのでは」と思われる方もいらっしゃるかもしれませんが、数々のエピソードは韓国ならありうる、韓国女性が共感を覚える一般的なことばかりです。そういう意味では、本書は韓国社会のことだけでなく、等身大の韓国人女性の生活や気持ちを知ることができる書籍ともいえましょう。

韓国の儒教的精神は、年上を敬うなどの好ましい文化ももちろんありますが、一方で、職位や学歴などにおいては問答無用の上位者優位社会を生み出し、また、男性優位の思想は根強く残り続けています。しかし、本書でも触れられている二〇一六年の「江南《カンナム》駅殺人事件」をきっかけに、女性嫌悪に抵抗する社会運動が起き、また、その翌年、アメリカを発端とした#MeToo運動とも相まって、女性たちが声を高らかにあげ始めました。出版界でも、チョ・ナムジュ著『82年生まれ、キム・ジヨン』が二〇一六年に発売されてから一〇〇万部を突破する社会現象になりました。女性たちが今まで我慢していたことに意義を唱え、声をあげ始めた流れの中で本書も刊行され、多くの共感を呼びました。韓国では一度そのようなウエーブが起こると次々と声をあげる人が登場し、大きな動きに発展します。「ママ虫」などという言葉が公然と使われていた韓国社会もようやく少しずつ変わり始めました。

一方、日本はどうでしょうか。世界経済フォーラム（WEF）が二〇一八年十二月に発表した「世界の男女平等ランキング（ジェンダー・ギャップ指数）」で、日本は一四九か国中、一一〇位です。ちなみに、韓国は一一五位で、日韓ともに先進国の中でも女性の社会進出が遅れているという共通点があります。日本では、最近の報道を見ても、社会的地位のある男性からの性的暴行を告発した女性が逆に世間からバッシングを受け、医科大学の入試差別問題が明るみになった件では一部の人は怒りで震え、当事者である大学は体制を立て直しはするものの、すぐに静かな社会に戻ります。私自身の生活を振り返ってみても、平日に仕事を休んで子どもの学校の授業参観やPTAのお手伝いに参加すると、そこにはほとんど男性の姿はありません。それに小さな胸のつかえを感じながらも、本書の中で著者が「平凡な人たちが他の人を見習い、よかれと思って人を差別し、偏見を持ち、悪習を繰り返す」、「女性は話そうとする内容よりもどう伝えるかを悩み、そこに多くの時間を費やす。その果てに話すこと自体をあきらめてしまうことも多い」と言っているように、受け入れがたい伝統、慣習、差別にひとり切り込む気力がなく、つとめて不感になるようにし、他のお母さんたちと笑顔をつくっています。二十代後半で一念発起し会社を立ち上げた私でさえ、プライベートにおいてはこのように無気力にならざるを得ない日本社会なのですから、声をあげずにつとめて現実を受け入れようとしている人は無数に存在するのだと思います。

著者が葛藤した二十代は、誰しもが「自己肯定感と劣等感」、「鼓舞と憐憫」、「発奮と落胆」、それぞれの狭間で懸命に生きているのではないでしょうか。若さと体力に満ちあふれ、輝くばかりの二十代をどうして人はそんなに思い悩みながら生きてしまうのでしょう。しかし、その後の人生で起こる、もしかしたらもっと大変なことを乗り切るためにも、そのように生きるしか方法はないのかもしれません。

皆さんをいま、苦しませるものは何ですか？　人から言われた許せないような言葉ではありませんか？　本書で紹介される法輪《ポムニュン》和尚《おしょう》さんが諭すように、（言葉の）ゴミを拾ってそれを持ち歩き、そのゴミ袋を握りしめてしょっちゅう開けるのではなく、捨ててしまえたらどんなに良いでしょう。著者も「いっぺんに捨てることは難しかったけれど、私がもらった言葉のゴミも捨てようと努力した」と言っています。そう、いっぺんに捨てることはできないでしょう。恨む気持ちが勝り、握りしめていたいのかもしれません。しかし、それらを少しずつ捨てて、その呪縛から皆さんが解放される日が来ることを願っています。

翻訳にあたり、日本の実情とそぐわないと思われる内容については一部割愛しました。構成

について も、日本の読者が理解しやすいように、章の順番を入れ替えました。また、本文中、韓国独自の表現など説明が必要な箇所には〔 〕で訳注を加えました。

最後になりますが、翻訳の機会を与えてくださり、原稿のチェックをしてくださった白水社の杉本貴美代さん、堀田真さんに心から感謝申し上げます。また、女性学を研究し、優秀な韓国人翻訳者でもある盧秀暻さんからは適切なアドバイスをいただきました。どうもありがとうございました。

二〇一九年四月二十四日

幡野　泉

【訳者略歴】
幡野泉（はたの　いずみ）
早稲田大学第一文学部ロシア文学専修卒業。1998 年、延世大学校韓国語学堂修了。
2002 年、有限会社アイ・ケー・ブリッジを設立。04 年、延世大学校韓国語教師研修過程修了。現在、「アイケーブリッジ外語学院」代表および「All About 韓国語」ガイド。
16 年、第 21 回世界韓国語雄弁大会にて国務総理賞受賞。著書に『今日から使えるシゴトの韓国語』（アルク）、『シゴトの韓国語 基礎編』『シゴトの韓国語 応用編』（三修社）、『リアルな日常表現が話せる！韓国語フレーズブック』（新星出版社）などがある。

無礼な人に NO と言う 44 のレッスン

2019 年　5 月 20 日　印刷
2019 年　6 月 15 日　発行

著　者　チョン・ムンジョン
訳　者 Ⓒ 幡野泉
発行者　及川直志
発行所　株式会社白水社
〒 101-0052
東京都千代田区神田小川町 3-24
電話　営業部　03-3291-7811
　　　編集部　03-3291-7821
振替　00190-5-33228
www.hakusuisha.co.jp

印刷・製本　図書印刷株式会社

乱丁・落丁本は、送料小社負担にてお取り替えいたします。
ISBN978-4-560-09695-6
Printed in Japan